Cordelia Edvardson

Gebranntes Kind sucht das Feuer

Aus dem Schwedischen von
Anna-Liese Kornitzky

Carl Hanser Verlag

Titel der Originalausgabe:
Bränt barn söker sig till elden

ISBN 3-446-14260-6
9. Auflage 1987

Schutzumschlag: Klaus Detjen unter Verwendung
eines Jugendbildes von Cordelia Edvardson
Satz: LibroSatz, Kriftel
Druck und Bindung: Mühlberger, Augsburg
Printed in Germany

Meinen Müttern

Elisabeth Langgässer
Berlin
Stefi Pedersen
Stockholm
Sylvia Krown
Jerusalem

und
meinen Kindern

Teil I

Die Vergangenheit ist unserer
Barmherzigkeit ausgeliefert.
Lars Gyllensten

I

Natürlich hatte das Mädchen schon immer gewußt, daß etwas mit ihr nicht stimmte.

Sie war nicht wie die anderen. Mit ihr war ein Geheimnis verknüpft, ein sündiges, schändliches, dunkles Geheimnis. Nicht ihre eigene Sünde und Schande, nein, sondern etwas, wozu sie geboren und auserwählt, weswegen sie ausgesondert, abgesondert und abseits gestellt worden war.

Und darin fand sie ihren Stolz, um nicht zu sagen: ihren Hochmut. Ausgesondert, abgesondert und abseits gestellt worden sein, das hieß auch auserwählt sein! Auserwählt – wozu? Gewiß nicht dazu, die goldene, strahlende, edelsteinbesetzte Krone einer Prinzessin zu tragen. Prinzessinnen waren gut, zart und blond mit blauen Augen. Das Mädchen wußte, daß sie das Gegenteil von einer Prinzessin war; ein dunkles, pummeliges, boshaftes und trotziges kleines Gör, das keineswegs in einem verzauberten Garten wohnte, sondern in einer dunklen Wohnung in Berlin-Siemensstadt. Oh, dieses frühe Dunkel!

Aber, tröstete sich trotzig das Mädchen, immerhin trug auch sie eine Krone, die Krone des Leidens, die Dornenkrone, die dem verliehen wird, der »ins Totenreich hinabgestiegen« ist. Denn dies war ihr Auftrag, ihre Berufung, und wie so häufig bei einer echten Berufung kam sie früh, sehr früh. Und das Mädchen hörte, sah und gehorchte. Sie, die die Macht und die Herrlichkeit besaß, hatte zu ihr gesprochen.

Als das Mädchen noch ein hilfloses kleines Kind mit

nachdenklichen, traurigen braunen Augen war, einem Erbteil ihres jüdischen Vaters, pflegte die Mutter den Kopf auf das Strickjäckchen über der Brust des Kindes zu legen, um Trost und Hilfe zu suchen. »Strickbrüstchen« hieß dieser Ritus. Die Mutter, die alleinstehende, die geplagte und von ihren Gesichten vergewaltigte, las ihrem Kind ein Gedicht vor, ein kleines Lied von den eisigen Winden der kalten, dunklen Welt draußen, von dem Vögelchen, das im Nest Schutz unter den Fittichen der Mutter sucht, und von dem Kind, das geborgen in den Armen der Mutter liegt. Und die Mutter an der Brust des Kindes, denn das schuldlose, unschuldige Kind ist die Zuflucht der Mutter, ihre Rettung und ihr Opferlamm. Wer stillte wen? Wer sandte Proserpina aus, Blumen zu pflücken, die ihre Lebenskraft aus der Erde des Totenreichs sogen? »Proserpina«, so hieß der erste Roman der Mutter, die Tochter las ihn nie, es war nicht nötig. Die Botschaft war viel, viel früher empfangen worden.

Die Mutter nährten die eigenen Mythen, und durch die Nabelschnur, die nie durchschnittene, nährten sie auch die Tochter. Proserpina und das Jesukind. Die kleine, pausbäckige Wachspuppe der Krippe als Herr und Erlöser der Welt, dieser schwindelerregende Mythos vom vernichtenden Sieg des Schwachen und Wehrlosen über das Böse, über Verrat, Schmach und Sünde – war es dieser Mythos, den die Mutter des Mädchens durch die Tochter wiederbeleben und bekräftigen wollte?

2

Wie sehr sie sich danach sehnte, dazuzugehören!

Schon damals in Berlin-Siemensstadt, in der Wohnung mit dem langen, dunklen Korridor, dem vertrauten Gefängnis des Mädchens. Hier wartete sie mit ihrer Mutter, ihrer Großmutter und dem Onkel, dem Bruder der Mutter. Wartete worauf? »Dem du nicht entgehen kannst«, hätte eine Kartenlegerin geantwortet. Wartete auf den, der kommen und sie dorthin führen würde, »wohin du nicht willst«. Unterdessen sitzt sie in dem dunklen Korridor und dreht an einer kleinen Spieldose, da ist die Musik zu Ende, sie dreht kräftiger, wird wütend und dreht noch kräftiger, und plötzlich gibt es einen Knacks. Starr vor Schrecken begreift das Mädchen, daß die Spieldose kaputt ist, sie hat sie kaputtgemacht. Wahrscheinlich macht sie sich in die Hosen, das tut sie öfter. Die Großmutter kommt gelaufen und schimpft. Böses Kind! Die Spieldose sollte ein Geschenk für ein anderes Kind sein, und jetzt hat sie sie kaputtgemacht! Hatte das Mädchen dies gewußt? Hatte sie sie deshalb kaputtgemacht? Aber sie hatte es ja nicht gewollt, nicht absichtlich getan. Oder?

Dies wird zu ihrer ersten bewußten Erinnerung.

Täglich findet zwischen der Mutter und der Großmutter das Tauziehen um das Mädchen statt, um die richtige Methode, sie zu erziehen und zu behandeln. Der Onkel mischt sich in diesem Zwist der beiden willensstarken Frauen klugerweise nicht ein. Bereits als Kind hatte er gelernt, daß es für ihn so am besten war. Früh vaterlos, fügte er sich in die Frauenwelt der Mutter, der Schwester und der verschiedenen Haustöchter und paßte sich ihr ohne Proteste an.

»Haustöchter« waren junge Mädchen, die offenbar eigens zu Nutz und Frommen feiner, jedoch minderbemittelter Familien erfunden worden waren. Für ein kleines Taschengeld gingen sie der Hausfrau zur Hand und lernten angeblich etwas über die Führung eines besseren Haushalts. Warum man die angeknackste Familie des Mädchens für »fein« halten konnte, war allerdings schwer zu begreifen. Gewiß war der Großvater Baurat gewesen, aber davon gab es bestimmt viele, und außerdem war er schon lange tot. Vorher hatte der Großvater aber noch seine wesentliche Aufgabe zufriedenstellend zu erfüllen: die verlorene Ehre (oder Unschuld?) der Großmutter wiederherzustellen. Als junges Mädchen aus gutbürgerlicher, katholischer Familie war die Großmutter schwanger geworden. Die Familienchronik weiß zu berichten, daß der junge Kindesvater sie heiraten wollte, aber als nicht hinreichend standesgemäß betrachtet worden war. Man zwang die Großmutter, ihren erstgeborenen Sohn heimlich zur Welt zu bringen und ihn adoptieren zu lassen. Der Herr Baurat dürfte später allen als ein Himmelsgeschenk erschienen sein und war mehr, als man zu hoffen gewagt hatte. Unter den obwaltenden Umständen sah man, gezwungenermaßen, von der Tatsache ab, daß er Jude war, und selbstverständlich konvertierte er vor der Heirat. Als der Großvater verhältnismäßig früh aus dem Leben schied, hatte er der Großmutter nicht nur zwei Kinder, einen Sohn und eine Tochter, geschenkt, sondern auch einen Platz im Gehege der bürgerlichen Wohlanständigkeit.

Die Freude währte leider nicht lange. Die Tochter trat in die Fußspuren der Mutter und wurde als neunundzwanzigjährige, unverheiratete Lehrerin schwanger, obendrein durch einen verheirateten Mann und Vater von drei Kindern. In dieser Familie scheint keine Frau eine Begabung zum fröhlichen Leichtsinn gehabt zu haben.

Diesmal wurde das Kind, ein Mädchen, weder weggegeben noch weggemacht, obwohl es dafür natürlich Möglichkeiten gegeben hätte. Die Großmutter und die Mutter beschlossen, der Welt, der Welt der Männer, zu trotzen, erkannten jedoch, daß sich dies leichter in der Großstadt Berlin bewerkstelligen ließ als in der rheinischen Kleinstadt, wo sie bis dahin gelebt hatten. Der Onkel, der Haupternährer der Familie, gehörte zum Umzugsgut.

Aber man entflieht oder entgeht weder dem Schandpfahl im Fleisch (die Großmutter) noch dem Hades, wohin man durch die Töne von Pans Flöte geführt, verführt worden ist, zumindest nicht, bevor sich nicht ein Orpheus offenbart hat (die Mutter). Während sich die Großmutter in dem scharfen Gegenwind der gekränkten und geschändeten Bürgerlichkeit zeternd vorwärtskämpfte, wurde die Mutter zur Schöpferin und zum Opfer der Mythen. Vieler Mythen, vieler Bilder, angefangen beim Gott, der seine eigenen Kinder verschlingt, bis zum Gott am Kreuz.

Das Mädchen lebte und litt im Schnitt- und Brennpunkt dieser Welten. Seele und Sinne des Kindes wurden genährt durch die Visionen der Mutter, während die Großmutter sich des Körpers annahm, ihn überfütterte und in häßliche Kleider und kratzende Wollstrümpfe mit Leibchen steckte – und heimlich die vollgepinkelten Höschen wusch. War das Mädchen krank, wurde ihr Nachttisch vom Naschwerk der Großmutter überschwemmt, das Kind war eine ausgeprägte Naschkatze, und kam die Mutter nachmittags heim, schalt sie die Großmutter, warf alle Süßigkeiten fort und schenkte der Tochter statt dessen eine Blume, eine einzige Rose. Die Vierjährige trauerte den Bonbons nach, wußte aber, daß die Rose das war, was sie zu lieben, zu ersehnen und zu wünschen hatte – auch wenn sie stach. So lernte das Mädchen, sich sowohl die trotzigen Siege der Großmutter über einen widerspenstigen Alltag – »Iß noch was, mein Kind« – anzueignen und zunutze zu machen als auch die Verdeutlichung und Gestaltung des Chaos' durch die Mutter. Die Lehren hatten ihren Preis, doch später sollten sie dem Mädchen Rettung und Erlösung werden.

Sie war ein einsames und ein, natürlich, frühreifes Kind.

Für die Einsamkeit sorgte die Großmutter. Sie wollte nicht, daß das Mädchen mit den »schmutzigen und ungezogenen« Kindern der Nachbarschaft spielte. Gewiß, der soziale Status der Gegend lag nur eine Sprosse höher als der eines gewöhnlichen Arbeiterviertels, doch der wahre Grund der Großmutter war selbstverständlich, daß das heimliche Gebrechen des Mädchens und der Familie durch den Kontakt mit anderen Kindern enthüllt und bloßgestellt werden könnte. Sie wollte ihr kleines Enkelkind, ihre Tochter und sich selbst vor der Verachtung und dem Hohn schützen, die sie ihrer eigenen Überzeugung und Erfahrung nach treffen würden, sobald man ihr soziales Stigma aufdecken und dem Betrachten und Begaffen preisgeben würde.

Nach dem Vater fragte das Mädchen nie, und sein Name und seine Existenz wurden im Hause auch nie erwähnt. Falls sie überhaupt an ihn dachte, ihn suchte, dann in der Welt der Sagen, Märchen und Mythen, wohin er von der Mutter verbannt worden war. In einem Brief an eine Freundin beschrieb die Mutter den Beischlaf, bei dem sie schwanger geworden war, als Danaes Begegnung mit Zeus im Goldregen.

Man bittet kaum darum, ein Foto von Zeus gezeigt zu bekommen.

Auch wenn das Mädchen manchmal von einem Leben phantasierte und träumte, in dem sie wie die anderen war, eine der anderen, eine, die vom Himmel zur Hölle und umgekehrt hüpfte, eine, die Versteck spielte, wobei das Gefundenwerden Lachen und nicht Entsetzen sein würde, so zog sie es zutiefst doch vor, auf all dies zu verzichten, um zur Stelle zu sein, als treue Schildwache oder standhafter Zinnsoldat auszuharren.

Um keinen Preis hätte sie auch nur eine der strahlenden Gelegenheiten versäumen wollen, da die Mutter sich offenbarte, in ihr Leben eindrang. Im Zauberkreis der Mutter wurden die Welt und das Kind wirklich und lebendig. Das Wort wurde zu Fleisch in den Märchen, die die Mutter erzählte, in den Gedichten, die sie bisweilen gemeinsam machten, selbst in den Abschnitten aus ihrem nächsten Roman, den die Mutter der Vier- bis Fünfjährigen vorlas. Das Kind öffnete sich, wurde überschwemmt, erfüllt und berauscht von Geschmack und Duft, von Farbe und Form der Worte. Im späteren Leben des Mädchens bestätigte sich die Erfahrung, daß man von den Worten eines Gedichts buchstäblich leben und sich ernähren kann.

3

Der Boden war noch immer gefroren, und es war eisig kalt, wenn morgens die schneidenden Kommandorufe in den fiebrigen Hungerschlaf des Mädchens drangen. »Los,

los, raus, schneller!« Stöhnend erhob sie sich von der Pritsche, stellte den Fuß vorsichtig auf die Kante der unteren Pritsche und spürte, wie der brennende Schmerz ihre erfrorenen Füße durchzuckte. Sie kratzte die Läusebisse und Flohstiche unter den Lumpen, die wegen der Kälte nie ausgezogen wurden und auch deshalb nicht, weil nichts zu zerrissen und schmutzig gewesen wäre, als daß man es nicht gestohlen hätte. Dann zog sie das an, was von ihren Schuhen übriggeblieben war – nachts benutzte sie sie als Kopfkissen – und taumelte halbblind zur Tür der Baracke.

Das heißt, das Mädchen glaubte all dies zu tun: sie spürte den Schmerz in den Füßen, die Bisse und Stiche des Ungeziefers und hörte die Befehle. Sie sah und registrierte ihre eigenen Bewegungen, die langsam und verzögert waren wie in einem Zeitlupenfilm. Sie spürte die unerhörte Schwere in jedem Glied und erfuhr die volle Bedeutung des Ausdrucks, keinen Finger rühren zu können oder zu wollen. In Wirklichkeit blieb sie oft genug so lange liegen, bis ein barmherziger Mithäftling sie rausjagte, hinaus zum Appellplatz, zum Zählen. Panik packte sie mit einem Würgegriff in dem eiskalten Augenblick des schließlichen Erwachens, sie würde es nicht mehr schaffen, rechtzeitig dazusein, wo sind die Schuhe, schnell, schnell. Das Mädchen wußte, daß die Gefangene, die sich die Mühe gemacht hatte, sie zu wecken, ihr vermutlich das Leben gerettet hatte – ein Leben, auf das sie zu der Zeit zwar keinen größeren Wert legte, dennoch genauso unausweichlich trug wie ihre verlausten Lumpen.

Dann begann der Marsch zur Fabrik, wo die Häftlinge ein paar Wochen lang ihren Einsatz für die deutsche Kriegsmaschinerie leisteten. Sie blieben nie längere Zeit am selben Ort. Da die Alliierten sich jetzt im Vorfrühling 1945 von allen Seiten näherten, wurden die Häftlinge, manchmal in Güterwagen, manchmal zu Fuß, kreuz und quer durch Deutschland verfrachtet. Wo sie sich zur Zeit gerade befanden, wußte das Mädchen nicht genau, ebensowenig, daß die Befreiung so nahe war. Und hätte es ihr jemand gesagt, dann hätte sie es kaum geglaubt oder sich gar nicht darum gekümmert. Sie hatte ihren eigenen Traum von der Befreiung. Der Befreier, auf den sie wartete, von dem sie wußte, daß er in kurzer, kurzer Zeit zu ihr kommen werde, er schreckte vielleicht andere, doch nicht sie. Sie sehnte sich danach, geborgen in seinem Schoß zu schlafen, schlafen, SCHLAFEN. Die Mutter hatte sie mit einem seltsamen Liebesmärchen von Matthias Claudius vertraut gemacht, es hieß »Der Tod und das Mädchen«:

Das Mädchen:
Vorüber! Ach, vorüber!
Geh, wilder Knochenmann!
Ich bin noch jung, geh, Lieber!
Und rühre mich nicht an.
Der Tod:
Gib deine Hand, du schön und zart Gebild!
Bin Freund und komme nicht zu strafen.
Sei guten Muts! Ich bin nicht wild,
Sollst sanft in meinen Armen schlafen!

O ja, schlafen zu dürfen, geborgen und sanft, im Schoß des Todes, der Mutter.

Aber jetzt noch nicht. Jetzt marschierten sie zur Fabrik, wo sie ihr tägliches Pensum, dünne Metallfäden in Glühlampen zu montieren, erfüllen mußten. Wer dieses Soll nicht erfüllte oder minderwertige Arbeit leistete, wurde der Sabotage bezichtigt und auf der Stelle erschossen – bestenfalls konnte man mit kahlgeschorenem Kopf davonkommen. Letzteres fand das Mädchen schlimmer, die endgültige Demütigung. Sie wollte den Befreier mit ihren Haaren empfangen, auch wenn sie voller Läuse waren. »Du schön und zart Gebild.«

Aber sie war ja so schrecklich ungeschickt, hatte zwei linke Hände, hieß es zu Hause immer, und die Großmutter pflegte die Handarbeiten des Mädchens heimlich fertigzumachen. Sie erinnerte sich an die Kreuzstichstickerei, die sie in der letzten Vorschulklasse zu machen hatten, der kleine Stofflappen wurde unter den fummeligen Bemühungen des Mädchens immer schmuddeliger, bis die Großmutter eine gelbe Ente mit rotem Schnabel darauf hervorzauberte. Hier konnte ihr die Großmutter nicht helfen, aber ihr Schutzengel stand ihr bei. Sie wußte, daß er (sie?) es war. Niemand kam auch nur auf den Gedanken, daß die ruinierten Glühbirnen, die sie ablieferte, den Versuch eines heroischen Widerstandskampfes, den deutschen Sieg zu sabotieren, darstellen sollte. Niemand bezweifelte ihre aufrichtigen Bemühungen, ihr Bestes zu tun (etwas, das später auch ihrem umfangreichen Schuldenkonto zugerechnet werden sollte). Somit geschah ihr nichts Schlimmeres, als daß sie zum Scheuern der Abtritte beordert wurde. Und damit war sie vollauf zufrieden und führte den Auftrag gewissenhaft aus.

4

Hier beim Abtrittscheuern traf sie Anna. Anna gehörte zu den deutschen Zivilarbeiterinnen der Fabrik und stammte aus Berlin, jetzt war sie in der Rüstungsindustrie »dienstverpflichtet«. Das Mädchen wurde durch die dunkellockige, grellgeschminkte Anna an die Dienstmädchen ihrer Familie erinnert, die immer so nett zu ihr gewesen waren, sie roch sogar nach demselben aufdringlichen, stickigen Maiglöckchenparfum. Anna war sicherlich kein »feines Mädchen«, und gerade deshalb und wegen der wilden Sehnsucht, die sie in ihr wachrief, näherte sie sich ihr. (Tatsächlich war Anna während ihrer Berufsausübung auf den Berliner Straßen von der Polizei aufgegriffen und zu dieser etwas milderen Form der Zwangsarbeit verurteilt worden.)

Flüsternd und sicherheitshalber im Berliner Dialekt sprach das Mädchen Anna an – und Anna antwortete! Wollte wissen, wie das Mädchen hieß, wo sie in Berlin gewohnt hatte, wann sie ihre gemeinsame Heimatstadt hatte verlassen müssen! Zum erstenmal seit langem wurde das Mädchen wahrgenommen und bei Namen genannt, wurde wieder Cordelia, Dela, aus Berlin-Eichkamp, begrenzt und vorhanden. Durch Anna.

Irgend jemand kam in den Abtritt, und die beiden verabredeten sich hastig für den nächsten Tag. Da bekam das Mädchen von Anna ein Stück Brot und ein Stückchen kleinkarierten Flanell, das sie als Halstuch benutzen konnte. Das Mädchen stand lange vor der fleckigen Spiegelscherbe des Abtritts und arrangierte den weichen Stoff, denn Anna hatte gesagt, die dunkelblauen Schattierungen paßten gut zu den Augen des Mädchens.

Natürlich stand Todesstrafe auf allen Kontakten zwischen Häftlingen und Zivilarbeitern, doch Anna hatte keine Angst, sie war vorsichtig und verschlagen, aber nicht ängstlich. »Die können mich mal . . .«, sagte sie und lachte übermütig. Das Mädchen hatte desto größere Angst, und als nach ein paar Tagen ihr Transport weiterging, war es, trotz der Sehnsucht nach Anna, fast eine Erleichterung. Eine Zeitlang wurde das Mädchen von dem Bild der lachenden Anna begleitet, von dem Duft ihres Maiglöckchenparfums, und es gab das weiche Tuch um ihren Hals.

5

Das Zählen beim Morgenappell geschah im harten, erbarmungslosen Licht der Bogenlampen, doch während des Marsches zur Fabrik, zu noch einer Fabrik, noch einem Lager, umschloß die Frauen barmherziges Dunkel. Der Weg führte über silberfrostgraue Wiesen und Felder, abgegrenzt und beschützt von einem dunklen Waldrand, Adalbert Stifters »schönem, deutschem Wald«. Wie alle anderen hielt das Mädchen mechanisch den Marschtakt, LINKS, zwei, drei, vier, LINKS, zwei, drei, vier, links, links . . . Aber in ihrem Inneren wiegte sie sich im vertrauten Rhythmus der eigenen Zauberformel, auch dies eine Gabe der Mutter und des Dichters Matthias Claudius. Darin war das Mädchen unsichtbar und unerreichbar, darin konnte sie ausruhen.

Der Mond ist aufgegangen,
(Links, zwei, drei, vier)
Die goldnen Sternlein prangen

Am Himmel hell und klar;
(Links, zwei, drei, vier)
Der Wald steht schwarz und schweiget,
Und aus den Wiesen steiget
Der weiße Nebel wunderbar.

All das gab es dort, direkt vor den Augen des Mädchens, den dunklen Wald und den geheimnisvollen Morgennebel, man bekam es geschenkt. Sie ging und ging, vergaß den nagenden Hunger und die Schmerzen der Erschöpfung, sie ging geradewegs hinein in das Ewigkeitslicht des Gedichts und ließ sich davon erfüllen.

Und sie erinnerte sich an andere Bruchstücke aus diesem Gedicht, das alles sagte, was darüber hinaus noch gesagt werden mußte, konnte.

Wollst endlich sonder Grämen
Aus dieser Welt uns nehmen
Durch einen sanften Tod!
Verschon uns, Gott! mit Strafen
Und laß uns ruhig schlafen!
Und unsern kranken Nachbarn auch!

Besonders gut gefiel dem Mädchen die Bitte für den kranken Nachbarn. Weshalb, wußte sie nicht.

Als sie dann in das Städtchen kamen, wo in einem Außenbezirk die Fabrik lag, war es hinter den meisten Fenstern noch dunkel, aber in der Bäckerei wurde schon das täglich Brot der braven Bürger gebacken. Welch unbeschreiblich lieblicher Duft aus der offenen Tür strömte! Das Mädchen sog ihn tief in die Lungen und in den Magen ein und hatte sofort ein bißchen weniger Hunger.

An solchen Morgen war ihr, als hätten die Mutter und die Großmutter endlich Frieden miteinander geschlossen und sich zusammengetan und verschworen, mit ihrem starken Willen das Mädchen zu behüten und zu bewahren.

6

Inwiefern war sie anders, was stimmte mit ihr nicht? Wenn das Kind über diese Frage grübelte, war es, als starre es in ein dunkles, leeres Loch. Da gab es nichts, absolut nichts. Doch, vielleicht ein Gefühl von Mangel, irgend etwas fehlte ihr, aber was? Wäre der Onkel etwas anderes gewesen als ein unbeschreiblich gutmütiges, bescheidenes und sich selbst auslöschendes Neutrum, dann hätte vielleicht er die Antwort auf die Frage des Kindes sein können – von ihm hätte sich das Mädchen das »leihen« können, was ihr selber fehlte. Onkel Heinis Stärke, seine zähe Geduld, seine Fähigkeit, still zu ertragen, erweckten im Mädchen keine Bewunderung, das war es nicht, was sie brauchte, jedenfalls damals nicht. Auch die Großmutter war ihr in diesem Fall keine Hilfe, sie zählte gleichsam nicht, sie roch alt, war wie Papier, auf dem nie jemand etwas geschrieben hatte oder schreiben würde.

Aber die Mutter, o ja, die Mutter hatte das, was das Mädchen vermißte, das stand fest. Dieser Mangel hatte keinen Namen, doch wenn sich die Mutter in Reithosen, Polohemd und Stiefeln zeigte oder in dem maßgeschneiderten schwarzen Kostüm mit leuchtend roter Bluse, dann wurde sich die Tochter ihrer schmerzhaften Unvollkommenheit besonders bewußt und liebte mit der demütigen Hingabe eines Pagen.

Daß die Mutter selber unter dem litt, was sie für ihren »Bann« hielt, davon hatte die Tochter keine Ahnung. Ebensowenig vermochte sie die Gedichtzeilen zu deuten, in denen die Mutter ihren Traum von Erlösung und Paradies ausdrückte: »Beides ward ich: Weib und Mann / Allnatur, erlöst vom Bann, / Wurzel und Arom.« Die elektrischen Spannungen in der Atmosphäre um die Mutter schrieb das Mädchen dem zermürbenden und heilenden Schöpfungsprozeß zu. »Mama schreibt!« Bei diesen Worten spürte die Tochter die gleiche erschauernde Ehrfurcht wie während der Messe, wenn der Priester die Hostie hob und der spröde Klang der Glöckchen verkündete, daß sich das Wunder der Wandlung vollzog. Mama schreibt – das Mysterium vollzieht sich.

»Das Kind braucht einen Vater«, war bisweilen aus der Welt der Erwachsenen zu hören. Wozu? fragte sich das Kind. Ebensogut hätte man sagen können: »Das Kind braucht einen Elefanten.« Außerdem wurde es in dem gleichen seufzenden Ton gesagt wie: »Das Kind braucht Lebertran. Das Kind braucht Rizinusöl.« Das Kind hatte deshalb ein Gefühl, daß ein Vater etwas Notwendiges, möglicherweise Nützliches, keinesfalls aber etwas Angenehmes sei.

Als in diese Frauenwelt immer häufiger ein männliches Wesen eindrang, brachte das Kind dies doch nicht in Verbindung mit dem Begriff »Vater«. Aber das Mädchen spürte, daß die Mutter dann anders wurde, erregt und exaltiert auf eine neue und deshalb bedrohliche und beängstigende Weise. Es hatte auch den Anschein, als lege es die Mutter darauf an, zwischen sich und der Tochter einen neuen und bislang unbekannten Abstand zu schaffen. Das Kind sollte plötzlich als KIND behandelt werden. Das kränkte.

Auch die Großmutter wirkte beunruhigt, sie brummelte ständig vor sich hin und schien voller böser Ahnungen zu sein, der Onkel verschwand wie üblich diskret an die Peripherie. Die erste Begegnung des Mädchens mit dem Mann fiel unglücklicherweise mit ihrem ersten Zirkusbesuch zusammen. Sie kam wild vor glücklicher Erregung nach Hause, wurde von der Großmutter »feingemacht« und in das Zimmer der Mutter geführt. Hier amtierte die Mutter vor den Kultgegenständen des kunstvoll gedeckten Kaffeetisches, der brodelnden Glaskugel der Kaffeemaschine, den winzigen Cocktailsandwiches und den pastellfarbenen, glasierten kleinen Kuchen. Das Kind wurde zu dem Gast geführt, um einen Knicks zu machen, und gefragt, was im Zirkus am lustigsten gewesen sei. Am lustigsten? Das wußte das Kind nicht. Die Clowns waren nicht lustig gewesen, sie hätten sie beinahe zum Weinen gebracht, aber das schönste, oh! das schönste war die Seiltänzerin gewesen, oh, wie wunderbar sie war!

Sie hatte ein Tüllröckchen mit Pailletten angehabt und sonst NICHTS! Die Erregung des Mädchens füllte das Zimmer mit einem starken, bei dieser Gelegenheit unerwünschten Hauch von Erotik. Eigentlich galt das Entzücken des Kindes der schreckensvollen Lust bei der lebensgefährlichen Herausforderung des Tanzes und dem unwiderstehlichen Märchenschimmer des Tüllröckchens, der die Gefahr bestätigte und gleichzeitig aufhob. Das Mädchen erkannte sich wieder, auch sie vollführte Kunststücke auf einem schlaffen Seil ohne Schutznetz, freilich mit einem Leibchen und rutschenden, kratzenden Wollstrümpfen. Es hätte gleichfalls ein glitzerndes Tüllröckchen sein sollen, fand das Mädchen.

Die Mutter lachte nervös, ein Lachen, das nichts Gutes verhieß. Der Mann schien das nicht zu bemerken und lächelte freundlich. Aber das Mädchen wußte, daß sie etwas enthüllt hatte (über sich selber, über die Mutter?), das versteckt gehalten werden sollte.

Viel später begriff die Tochter, daß dieser Mann auserwählt worden war, die Mutter vor sich selber zu retten. Diesem hochgewachsenen, blonden, blauäugigen Mann war die Rolle ihres Orpheus', ihres Parzivals, ihres Erlösers zuerteilt worden. Vielleicht war es nicht einmal Zufall, daß er äußerlich dem Urbild des »Ariers« entsprach, dem reinen, unbefleckten Helden der Wagneroper. Das Gegenbild zu den beiden jüdischen Männern, die die Mutter verlockt, verführt und im Stich gelassen hatten; denn so sah sie wohl ihren eigenen Vater und den ihrer Tochter.

Sah sie denn nicht das, was das Mädchen sah und was ihre hilflose Zärtlichkeit weckte? Sah sie nicht, daß dieser Mann noch immer dieselbe schutz- und wehrlose Stirn, dieselben gepeinigten Augen und denselben gequälten Mund hatte wie auf dem vor Jahren gemachten Foto, als er sein Noviziat im Benediktinerkloster Maria Laach ableistete? Die guten Mönche hatten gesehen und verstanden und schickten ihn recht bald wieder in eine Welt hinaus, für die er mit seiner Dünnhäutigkeit noch schlechter gerüstet war als für das Klosterleben.

Nein, die Mutter sah es nicht. Wie stets erdichtete und erschuf sie sich ihre eigene Wirklichkeit, die Welt, deren sie gerade bedurfte.

7

Die Mutter ist erleichtert und glücklich. Die Tochter soll in den Sommerferien zu guten Freunden der Mutter in das idyllische Oberstdorf im Allgäu geschickt werden. Hier hatten die Mutter und der Stiefvater (kann man einen Stiefvater haben, wenn man nie einen Vater gehabt hat?) ihre Flitterwochen verbracht. Die frische Luft, das natürliche Landleben und der Umgang mit den garantiert neurosefreien Kindern der Freunde sollen dem Mädchen guttun. Nein, die Acht-, Neun-, Zehnjährige, schon jetzt beginnen ihre Zeitbegriffe ineinanderzufließen, war weder krank noch schwächlich, galt aber allgemein als lästig, altklug und schwierig, irgendein grundlegender Fehler mußte es sein. Das Ehepaar M., die beide Ärzte waren, und ihre blonden, blauäugigen Kinder würden auf das Mädchen sicherlich einen heilsamen Einfluß ausüben.

An diese Sommerferien hatte das Mädchen später gar keine Erinnerung mehr – außer einer einzigen Szene. Die aber hatte sich in sie eingeätzt, sich ihr in die Seele gebrannt, wie später die Auschwitznummer in den Arm.

Die Diele im Haus der Familie M. Das Mädchen war gerade mit einem Sohn der Familie hereingekommen, sie hatten draußen gespielt. Onkel M. hält sie am Arm gepackt, schlägt auf sie ein und schreit in besinnungsloser Wut. Sie versucht sich loszureißen, ist aber vor Schreck wie gelähmt. Sein großes, rotes Gesicht unter dem strohgelben Haar ist dicht vor ihrer eigenen erstarrten Maske. »So geht es, wenn man sich eine dreckige Judengöre ins Haus holt«, brüllt er und stößt sie angewidert weg.

Worüber war er so wütend? Sie weiß es nicht mehr. Weiß es doch! Ihr fällt ein – war es nicht so? –, daß das

Mädchen und der blauäugige Sohn verbotene Spiele miteinander gespielt hatten und dabei ertappt worden waren. Doch, so ist es gewesen. Ja, sie war eine dreckige Judengöre. Ja, sie war es gewesen, die den Blauäugigen verführt hatte, sie war nicht mehr Großmutters pummeliges, schlechtgekleidetes kleines Mädchen, jetzt war es der Stiefvater, der die Kleider für sie aussuchte, Kleider, die den eigenartigen Tintomara-Charme des Mädchens betonten. Der Blauäugige hatte die gemeinsamen Spiele aufregend gefunden, doch jetzt stand dieser Idiot mit hängendem Kopf da und schämte sich wie ein Hund mit dem Schwanz zwischen den Beinen. Das Mädchen spürte den Trotz, den starken, schönen Trotz in sich wachsen, sie wird nicht weinen, nicht um Verzeihung bitten, das Gesicht starr halten, keine Miene verziehen. Sie kann nachher weinen, auf der Toilette, das tut sie ja oft. Aber sie spürt, daß ihr Schlüpfer naß geworden ist – wenn sie es bloß nicht merken!

Eine dreckige Judengöre – was ist das eigentlich? Bedeutet das, sich in die Hose machen und verbotene Spiele spielen? Aber sie ist doch ein frommes, katholisches kleines Mädchen, das schon vor ein paar Jahren zur ersten Kommunion gegangen ist. Jederzeit kann sie die Empfindung dieses Tages wiedererleben, das Gutsein und die Unschuld, das Licht und die Reinheit tief von innen her bis hinaus ins weiße Kleid und den Haarkranz aus weißen Tüllrosen.

Das Mädchen begreift nicht. Aber oh, wie sie sie haßt, haßt, haßt. Alle, alle – und am meisten vielleicht sich selbst. Aber die Mutter kann und will sie nicht hassen. Die Mutter schickte, sandte sie aus nach Oberstdorf im Allgäu, einem Dorf, das an der Einfahrt mit dem Schild prunkte »Juden unerwünscht«. Das Schild war gegenüber dem Kreuz aufgestellt worden, das schon immer dort gestanden hatte. Die Mutter plazierte sie bei dem Ehepaar M., die glühende Nazis und verdiente Parteigenossen sind. Doch nein, die Mutter wagt sie nicht zu hassen, denn die Tochter ihrer Mutter sein, ihre Zeugin und Abgesandte, das heißt auserwählt und auserkoren sein.

Sehr viel später erfährt das Mädchen, daß die Mutter eine Novelle über das Judenschild und das Kreuz geschrieben hat, eine sehr gute Novelle. Sie erfährt auch, daß die Mutter nicht in Unkenntnis darüber gewesen ist, daß M.s gläubige Nazis waren und wußten, daß der Vater des Mädchens Jude war. Doch diese Kenntnis wurde nie Teil ihrer Wirklichkeit. M.s waren ja ihre Freunde, undenkbar, daß sie ihrem Kind etwas Böses antaten! Und außerdem schrieb das Mädchen ja fröhliche Briefe nach Hause, wie hübsch und lustig alles sei, wie nett man sie behandele.

8

Die Mutter hatte geheiratet, und das Kind hatte einen Vater bekommen. Jetzt würde sie so werden und sich so fühlen wie alle anderen auch. Aber das Mädchen widersetzte sich, alles in allem hatte sie ja einen Preis bezahlt, einen hohen Preis dafür, die Auserwählte, die Auserkorene, die Abgesonderte zu sein. Dunkel ahnte sie auch, daß sie trotz allem niemals so würde werden können wie alle anderen. Die anderen waren eben anders. Sie machte ihre kleinen, pathetischen Versuche, ihre Sonderstellung zu verteidigen, vor allem aber den geheimen Pakt, der zwischen der Mutter und ihr bestand. Das Mädchen wußte, daß es diesen Pakt gab, auch wenn die Mutter gerade damals vorgab, nichts davon zu wissen. In der Regel brachten die Versuche, die Mutter daran zu erinnern, dem Mädchen nur Hohn und Spott ein.

Wie an dem strahlenden Spätsommertag, als sie mit der traditionellen großen Schultüte im Arm an der Hand der Mutter zu ihrem ersten Schultag wanderte. Die Lehrerin fragte, ob eines der Kinder schon lesen könne. Doch, das Mädchen könne es, fließend. »Was liest du denn so, Kleine?« »Ich lese die Romane meiner Mutter!« Die Lehrerin lachte nachsichtig, und die Mutter schimpfte auf dem ganzen Heimweg.

Die Familie war, zusammen mit Großmutter und Onkel, in ein eigenes Haus mit einem kleinen Garten am Eichkatzweg in Berlin-Grunewald gezogen, und die Mutter sprach freudestrahlend von ihrer aller trautem kleinem Eichkatznest, wo alle voraussichtlich sehr glücklich sein würden. (»Glück, das wünsche ich dir nicht, aber Kraft, dein Schicksal zu tragen.«) Das Kind sollte Kind unter anderen Kindern sein. Mit Schaudern erinnert sie sich der Gelegenheit, als man sie zwang, die Eintrittskarte zu der verhaßten Welt des Kameradenkreises zu bezahlen.

Vor dem Haus gab es ein Rasenplätzchen mit einem kaum halbmeterhohen Zaun. Die Kinder der Nachbarschaft balancieren auf dem Zaun und hopsen hinauf und hinunter, flink wie die Eichhörnchen – oder Wiesel. Das Mädchen steht abseits und wagt es nicht. Kindereien, die mitzumachen ich keine Lust habe, damit tröstet sie sich. Der Stiefvater beobachtet die Szene vom Fenster aus, kommt heraus und hebt sie mit festem Griff auf den Zaun: »Spring doch! Es ist nicht gefährlich. Alle andern tun's doch auch!« Aber sie ist nicht wie alle anderen, sie will nicht, kann nicht, traut sich nicht. Vorsichtig und so unauffällig wie möglich klettert sie wieder vom Zaun hinab, aber es gibt kein Erbarmen, sie wird wieder hinaufgehoben, die anderen Kinder haben aufgehört zu springen und gucken das komische, neue Mädchen erstaunt an. Sie spürt, daß die Großmutter wieder einmal die nassen Schlüpfer heimlich wird waschen müssen. Sie macht die Augen zu und springt. Sie fühlt keinen Triumph.

Nur wenige Jahre später springt das Mädchen trotz aller Verbote wieder und wieder vom höchsten Sprungbrett der Schwimmhalle. Da sie die Technik nicht beherrscht, schlägt sie sich jedesmal halb zuschanden. (Dies geschieht, bevor jedem klargeworden ist, daß das Schild der Schwimmhalle: »Für Juden und Hunde Zutritt verboten« auch sie betrifft.)

Natürlich benutzte die Mutter den großdeutschen Vornamen des Stiefvaters nie. Er wurde zu »Reinhold«, der Name stammte aus einer Erzählung mit dem Titel »Der kleine Reinhold«. Das Mädchen kannte die Erzählung nicht, war aber wunschgemäß verzaubert von dem Namen – rein und hold. Sie begriff, daß Reinhold einer anderen Menschenart angehörte als sie selber, als die Mutter, die Großmutter und auch der Onkel. Worin der Unterschied lag, hätte sie nicht erklären können, aber er ängstigte und entzückte sie.

Die Art des Mannes, mit dem Mädchen »Löwe« zu spielen, das war neu, wild und erschreckend, aber auch weich und glänzend wie das Fell des Löwen. Sie krochen auf allen vieren auf dem Fußboden herum, und das Mädchen zitterte bei dem naturgetreuen Gebrüll des Löwen, genoß das Entsetzen und seine Auflösung in der sanften Umarmung des gefährlichen Löwen. Dieser Mann, den das Mädchen Vater nennen sollte, hatte eine liebevolle und weiche Zärtlichkeit, die der Mutter fehlte. Die Liebkosungen der Mutter waren heftig, stürmisch und gierig. Sie erinnerten an die Art, wie sie ihre kleinen Kinder, die Halbschwestern des Mädchens, badete. Mit glühendem Eifer schrubbte sie die wild brüllenden Kleinen fast bis zur Enthäutung, danach zeigte sie die runden, rosigen, in Badelaken mit Kapuze gehüllten Bündel stolz lachend vor.

Es gab auch andere Spiele, solche, die die Eltern miteinander spielten und wobei die Rolle des Mädchens unbestimmter war, halb Zuschauerin, halb Mitwirkende. Diese Spiele waren von erregender Heimlichkeit, auch ohne Ermahnung war es dem Mädchen klar, daß außerhalb des elterlichen Zimmers darüber nicht gesprochen werden durfte. Unter dieser Bedingung gestattete man ihr hin und wieder einen kurzen Blick in eine verzauberte Welt, wo Mann und Frau in schwarze Samtanzüge gekleidet waren, der Mann Kniehosen trug, dünne, weiße Seidenstrümpfe an den wohlgeformten Beinen und schwarze Lackschuhe mit einer steifen Taftrosette an den schmalen Füßen. Beide waren geschminkt. Wer war wer, und was war was? Sie war wie auf schwankendem Moorboden, wo Irrlichter lockten, wo man sich behutsam bewegen mußte und keinen falschen Schritt tun durfte. Es gemahnte an das Märchen von dem Mädchen, das zum Schloß des Königs kommen sollte, aber weder gegangen noch geritten noch gefahren, weder bekleidet noch unbekleidet. So wie das Mädchen selber weder Frau war noch Mann, sondern erst angedeutete Verheißung und deshalb wie geschaffen für die Rolle des Pagen im Spiel.

Bisweilen hatte das Spiel eine weniger raffinierte und verfeinerte Form. Dann band sich der Mann ein Kopftuch um, malte sich die Backen rot und trat als »Hesse-Trinche« auf, als Bauernmädchen aus seiner hessischen Heimat. Hesse-Trinche jammerte und klagte: »Ach Gottche, sprach's Lottche, was fang ich nur an, sieben Kinder und kein Mann!« Die Mutter bog sich vor Lachen über diese heilige Einfalt, aber das Mädchen mochte dieses Spiel nicht.

Wann war es, daß der Stiefvater, der Vater, Reinhold, der Mann, anfing, sie zu schlagen? Und weshalb? Wie so vieles andere war es unmöglich, war es zu schwer und zu schmerzhaft, sich daran zu erinnern. Aber sie spürt die hilflose, wütende Verzweiflung des Mannes, wenn seine Fausthiebe auf sie herunterhageln, wie sie dort auf dem Fußboden liegt und versucht, sich so gut sie kann zu schützen.

Irgendwo tief drinnen weiß sie, daß sie selber es ist, die ihn zu diesem Ausbruch getrieben hat, zu dieser Explosion unerlöster Gefühle, dieser Vergewaltigung. Das aktuelle Vergehen, nicht gemachte Schulaufgaben, zerrissene Kleidung oder allgemeine Aufsässigkeit, dient nur als Vorwand. Das eigentliche Verbrechen und die Schuld sind etwas anderes und die eines anderen. Aus dem eigenen Körper versucht der Mann den Teufel herauszuprügeln – aber der Teufel ist stärker. Das Mädchen weiß es und spürt es, und obwohl sie sich hinterher auf der Toilette einschließt, um sich auszuweinen, obwohl sie zu den Dienstboten in der Küche flüchtet, die sie stets bemitleiden, oder sich von der Großmutter mit Naschwerk trösten läßt, ist sie sich ihrer Stärke bewußt und insgeheim stolz auf die Macht, die sie zu besitzen wähnt.

Sie ist seine »Törichte Barbe«. Der Kosename wurde dem Mädchen verliehen, als sie Reinhold zu seinem Geburtstag mit einem Gedicht gratulierte. Das Ganze war die Idee der Mutter gewesen, sie hatte das Gedicht ausgesucht und das Spankörbchen mit Marzipanerdbeeren (als Requisiten) gefüllt. Das Gedicht handelt von dem jungen Mädchen, das frühmorgens aufbricht, um für den Geliebten Walderdbeeren zu pflücken. In lyrischen Ausdrücken und schmelzendem Tonfall berichtet sie atemlos von seinen Vorzügen, den geistigen und den physischen. Erst die letzte Zeile des Gedichts enthüllt, wer der angebetete Mann ist: es ist der Vater; und er nannte sie stets »Meine törichte Barbe«.

9

Männer, die schlagen. Zur Selbstverteidigung, zum Schutz vor sich selber oder um totzuschlagen.

Es geschah während der Transporte, von anderen später die »Todesmärsche« genannt; die, welche dabei waren, nannten sie nicht so, damals nicht, sie starben nur.

Der Viehwagen soll soundso viel Mann oder soundso viele Pferde fassen können, aber niemand hat ausgerechnet, wie viele Frauen, oder richtiger gesagt, wie viele Skelette dort eingeladen werden können. Aber es sind viele, weit mehr, als man für möglich halten würde. Dem Mädchen war es geglückt, Gott allein weiß wie, sich einen Sitzplatz in einer Ecke zu ergattern. Dort hockt sie, die spitzen Knie bis zum Kinn hochgezogen, von dort rührt sie sich nicht weg. Nicht einmal bei den spärlichen Gelegenheiten, wenn die Wassersuppe ausgeteilt wird, verläßt sie ihren Platz, was im übrigen sinnlos gewesen wäre, da ihr jemand den Eßnapf gestohlen hat, und mit den bloßen Händen kann sie die Suppe ja nicht fassen. Sie leidet nicht länger unter dem Hunger, nur manchmal unter Durst, und das ist schlimmer. Sie hat einen Zustand der Gewichts- und Schwerelosigkeit erreicht, sie treibt auf den Fieberwogen der Tuberkulose dahin und klammert sich hin und wieder an einzelne Gedichtzeilen und Bilder wie ein Ertrinkender an Treibgut.

> Ganz in Hauch gelöster Hades
> wenn einst Blatt um Blatt
> fällt, und an dem Ziel des Pfades
> Krümmung und der Schwung des Rades
> endlich Ruhe hat.

Sie spürt die samtweichen Blätter fallen, eins nach dem anderen. Sie spürt, wie das Rad langsam und sanft die Geschwindigkeit verringert, gleich wird es stillstehen, ganz still. Das Mädchen wird von dem Lied der Mutter über die Rose eingelullt zu Ruhe und Vergessen. Die Rose, die schwere, duftende, irdische Rose im Garten in Berlin-Eichkamp, und die himmlische Rose, das Sinnbild der Jungfrau Maria, die den Kopf der Schlange unter ihrem Seidenschuh zertritt. »Tod, wo ist dein Stachel, Hölle, wo ist dein Sieg!«

Solange sich das Mädchen im schützenden Bannkreis der Beschwörungen ihrer Mutter hielt, drohte ihr keine ernste Gefahr. Der Tod schreckte sie nicht länger, sterben hieß von seinem Auftrag erlöst werden, heimkommen.

Für ewig. Das wußte sie ja, doch manchmal geschah es, daß sie ihr Wissen vergaß, zu einer der törichten Jungfrauen wurde und in eisige Kälte und Finsternis hinausgestoßen wurde – hinaus in die Wirklichkeit.

An diesem Tag wurden sie aus dem Güterwagen gelassen und reckten ihre steifen Glieder auf dem hartgefrorenen Gras der großen Wiese. Fliegerangriff oder technische Panne der Lokomotive? Wen kümmerte das, es gab eine kurze Frist der Gnade, fast des Glücks. Sich ausstrecken zu können, ein paar Schritte zu gehen, gleichsam probeweise die kühle, reine Luft einzuatmen und das bißchen Wärme einzusaugen, das die bleiche Wintersonne spenden konnte. Hunderte von Frauen, bewacht von SS-Männern, die von jungen Soldaten unterstützt wurden – flugzeuglosen Piloten, hatte jemand gesagt –, die am Waldrand Posten standen.

Das Mädchen ging zu ihnen, vielleicht, so dachte sie, ist einer aus Berlin dabei. Jemand, der ihre Existenz bestätigen konnte, jemand, der sie wahrnehmen würde, so wie Anna sie wahrgenommen hatte, jemand, der verstehen würde, daß sie nicht nur »Schutzhäftling A 3709« war, was sie freilich auch war, aber noch, noch war sie auch Cordelia, Dela, das Mädchen aus Berlin-Eichkamp. Sie begann ein Gespräch mit einem Jungen, dessen rundes Gesicht unter dem grauen Käppi immer blanker wurde, während er der stillen Erzählung des Mädchens lauschte. Als Antwort und Trost gab er ihr eine halbe Zwiebel und einen Brotkanten und versprach, wenn sie später wiederkäme, seine Essensration mit ihr zu teilen. Einmal, als das Mädchen sich zum Zug hin umdrehte, war ihr, als spähe einer der SS-Männer mit einem Feldstecher zum Waldrand hinüber. Ihr war klar, was das zu bedeuten hatte, sie vermochte dem aber keine Beachtung zu schenken, jemand hörte ihr zu, jemand sprach mit ihr, sie konnte sich nicht losreißen.

Und dann ist er über ihr. Brüllt und schlägt und schlägt. Das Mädchen weiß mit lähmender Gewißheit, daß er sie totschlagen wird, daß dies das Ende ist. Der junge Soldat sieht entsetzt zu, versucht dann den SS-Mann zu hindern, der, verblüfft und wütend, seinen Zorn jetzt an ihm ausläßt. Da erwacht das Mädchen aus dem Alptraum, ein letzter Funke von Lebenswillen flackert auf, vielleicht weil sich jemand für sie einsetzt, sie läuft los, hat sogar noch die Geistesgegenwart, den grauen Mantel, auf dem sie gesessen hat, an sich zu raffen, und stürzt auf den Zug zu. Wie ein Hase (ein Eichhörnchen) rennt sie im Zickzack zwischen den Frauen hindurch, die dort in dem kalten, blassen Vorfrühlingslicht im gelben Gras sitzen oder liegen.

Jemand stellt ihr ein Bein, andere zeigen und rufen, der Ruf hallt: Da ist sie! Hier! Aber das Mädchen erreicht den Zug und verläßt künftig nie wieder den Güterwagen.

Männer, die schlagen.

Er ist ein müder, magerer Mann in mittleren Jahren, ein Mann mit gequälten Augen. Die Uniform hängt lose und schlampig an ihm, als gehöre sie einem anderen. Das Gewehr hantiert er unbeholfen, sicherlich ist ihm die Heugabel vertrauter oder der Wagenheber. Er ist einer von denen, die eingezogen wurden, als der Krieg schon verloren war, ein Verlierer.

Er sitzt an der Tür des Güterwagens auf Wache, mehr als Symbol denn aus Notwendigkeit. Keine dieser Frauen hat mehr die Kraft oder auch nur das Verlangen, an Flucht zu denken, und wohin sollten sie auch fliehen? Meistens sitzt er in seiner eigenen Hoffnungslosigkeit zusammengesunken da – ist er es, der sie bewacht, oder sind sie es, die ihn in ihrer Gewalt haben?

Das Mädchen spürt, daß er ihnen nichts Böses will. Ein paarmal holt er ihnen Wasser, gibt ihnen zu trinken. Dann schleppt er eines Tages einen großen Karton an, der kleine Tütchen mit Zucker enthält, so wie man sie im Restaurant bekommt, wo er die nun aufgetrieben haben mag. Er versucht sie gerecht zu verteilen, jede einzelne soll ein Tütchen bekommen, aber die Frauen werden wie wild, ihnen wachsen ungeahnte Kräfte. Sie schreien, schlagen, treten, reißen und zerren an den dünnen Tütchen, so daß ihnen der kostbare Zucker durch die krallenden Finger rinnt. Verzweifelt brüllt der Mann, sie sollen Ruhe geben, es sei genug für alle da, doch niemand hört auf ihn.

Und da beginnt er zu schlagen. Er schlägt vor Entsetzen, vor Enttäuschung und Hilflosigkeit, er schlägt mitten hinein in dieses Meer rasenden Leidens, das ihn zu verschlingen droht. Das krachende Geräusch, wenn der Gewehrkolben auf Knochen trifft, die durch keine Fettschicht mehr geschützt sind, die Schreie der Frauen, die zu stöhnendem Gewimmer werden. Dann ist es still. Die Frauen kriechen zusammen und lecken ihre Wunden und den Zucker, falls sie noch ein paar Körnchen finden.

Den Rest der Fahrt sitzt der Mann zusammengesunken, aller Gefühle entleert auf seinem Posten an der Tür. Hin und wieder murmelt er abwesend vor sich hin: »Herrgott, o Herrgott.« Sieht so Mitleid aus, fragte sich das Mädchen. Ist das mit-leiden?

10

Das Mädchen hatte einen Vater bekommen, und das Stigma, an dem sie trug, war von ihr genommen, ausgelöscht worden – behauptete man. Doch als sie einen Roman las, worin von Aussätzigen die Rede war, untersuchte sie wochen- und monatelang verzweifelt ihre Handflächen. Sie glaubte in der Hand den kleinen weißen Fleck zu entdecken, der dem Roman zufolge das erste Anzeichen der Krankheit war, die den Träger dazu verurteilte, ein Gehaßter, Gefürchteter und aus der menschlichen Gemeinschaft ausgestoßener »Unreiner« zu sein. Sie wußte, daß etwas nicht stimmte, unabänderlich falsch war. Doch jetzt, da die Familie in ihrem trauten Eichkatznest saß und Vater, Mutter, Kind spielte, jetzt, da das Mädchen eingeschult war und Kind unter anderen Kindern sein sollte, jetzt fiel es ihr schwer, das Gefühl der Auserwähltheit aufrechtzuerhalten. Von der Mutter wurde sie nicht mehr gebraucht, nicht mehr so wie früher, und falls sie sie überhaupt noch brauchte, dann nur als Statistin in dem Stück, das sie jetzt inszenierte, dem Spiel von der heiligen Familie, worin dem Mädchen die Rolle des unschuldigen, unwissenden Kindes zuerteilt wurde. Aber das Mädchen war weder unschuldig noch unwissend, welches Kind ist das schon, und sie war es noch weniger als andere. Die Mitschülerinnen gaben ihr den Spitznamen »Schlange«, sie spürten, daß das Mädchen ein gefährliches Wissen besaß, das ihnen fehlte, und daß es sie zur Sünde verlocken und verleiten könnte.

Das Mädchen selber war hin und her gerissen zwischen dem Stolz darüber, »anders« zu sein, einem Stolz, der immer zweifelhafter wurde, und dem hoffnungslosen

Wunsch, dazuzugehören, so zu sein »wie alle anderen«. Es war tatsächlich hoffnungslos – wie damals, als sie so gern in den BDM eingetreten wäre.

Eine junge BDM-Führerin war im Klassenzimmer erschienen, stolz und rank und schlank stand sie in ihrer braunen Uniform vor den Kindern, im Nacken einen schweren blonden Haarknoten und mit vor Begeisterung leuchtenden Augen. Sie sprach zu den Acht- bis Neunjährigen von der Freude, für ein gemeinsames Ziel, das Wohl des Vaterlandes, zu arbeiten, sprach von hohen Idealen, Reinheit und Opferwillen. Sicherlich gab es in diesem Klassenzimmer keine, die ihre Worte mit der gleichen Bereitwilligkeit aufnahm wie das Mädchen. Vor allem war es wohl die Mahnung zur Aufopferung, die sich an ihre tiefsten Instinkte wandte. Vor der Wandlung kommt das Opfer als unerläßliche Voraussetzung. Danach konnte man womöglich sogar rein, rank und schlank und blond und blauäugig werden.

Dem Mädchen war eine neue Berufung widerfahren. Freudestrahlend eilte sie heim, um den Eltern ihren Entschluß in den BDM einzutreten, mitzuteilen. »Kommt gar nicht in Frage!« lautete die knappe Antwort. Das Mädchen begann zu betteln und zu argumentieren, Mutter und Stiefvater wurden böse, aber auf eine andere, unbegreiflichere Art als sonst. Schließlich lag das Mädchen heulend im Zimmer der Mutter auf dem Sofa, diesmal verbarg sie ihre Verzweiflung nicht, diesmal konnte sie sie kundtun, denn sie war berechtigt und legitim. Diesmal war es nicht ihre Schuld, jetzt wollte sie ja so sein wie alle anderen, nur noch mehr (»alle andern dürfen ja mitmachen«, war ihr stärkstes Argument gewesen), und jetzt durfte sie nicht. Das Mädchen fühlte sich hilflos verwirrt, alle Auswege waren versperrt. Als sie sich erbot, eine in Reih und Glied zu werden und taktfest und diszipliniert dem Ziel entgegenzumarschieren (links, zwei, drei, vier, links, links), da verweigerte man es ihr; stand sie aber wie üblich abseits, beobachtend, Abstand nehmend, dann hieß es: »Warum kannst du nicht mit den anderen Kindern zusammensein, sein wie sie!« Immer war es falsch, weil etwas an ihr falsch war, unheilbar falsch.

Aber noch gab es Trost und sogar Hoffnung in den Märchen, in einzelnen Gedichtzeilen und, vor allem, bei der Messe. Hier suchte und fand das Mädchen, in verschiedenartiger Gestalt, das gleiche Wunder und die gleiche Offenbarung: das Wunder der Wandlung, den Frosch, der Prinz wird, und: »Herr, ich bin nicht würdig ... aber sprich nur ein Wort, und meine Seele wird gesund.« Daß letzteres lateinisch gesagt wurde, machte die Beschwörung nur noch feierlicher und wirksamer. Das reinigende Wunder der Beichte gewährte ihr, zumindest für eine Weile, die Befreiung zu spüren, daß das Kastenzeichen, das Kainsmal, der Aussatz tatsächlich wahr und wahrhaftig ausgelöscht worden sei.

Aber es kam ein Tag, da das Mädchen es nicht wagte, bei ihrem gewöhnlichen Beichtvater, dem Seelsorger der Familie, Pater K., zu beichten. Dieser sanfte, schlichte und in den Augen des Mädchens sehr alte Mann war kraft seines Amtes der einzige, der die Mutter dazu bringen konnte, sich zu fügen, irgendeine fixe Idee aufzugeben, der Wirklichkeit, die sie niemals sah, das eine oder andere Zugeständnis zu machen. Die Mutter verehrte nicht nur sein Amt, sondern auch ihn als Person. In ihrem Leben war ihm die Rolle eines guten, starken und klugen Wegweisers zugefallen (Vergil, der Dante durch die Hölle führt). Daß Pater K. aufgrund seines Amtes, seines Alters und langer Gewohnheit so ausgeprägt geschlechtslos war, trug sicherlich dazu bei.

Nein, zu Pater K. wagte das Mädchen diesmal nicht zu gehen, ihr Vergehen, oder genauer gesagt die Folgen, die ihre Sünde sicherlich noch nach sich ziehen würde, waren allzu entsetzlich. Aber wem konnte sie sich denn anvertrauen, auf wen wagte sie sich zu verlassen? Gleichzeitig war es so verzweifelt wichtig, bekennen zu dürfen, Vergebung zu erlangen. Die Strafe würde nicht ausbleiben, aber es würde leichter sein, sie zu ertragen. Natürlich wußte sie, daß das Siegel der Beichte unverletzlich, die Schweigepflicht des Priesters unantastbar war . . . und dennoch. Pater K. vertraute sie zwar, aber vor ihm schämte sie sich allzusehr. In wirrer Furcht, mit einem Krampf im Magen irrte das Mädchen deshalb durch fremde Straßen, so weit fort wie möglich von dem Viertel, wo die Familie wohnte. Sie ging in verschiedene Kirchen und wieder hinaus, versuchte einen Blick auf den Priester zu werfen, der in den Beichtstuhl ging, wenn jemand das Glöckchen läutete. Würde sie es wagen, sich ihm anzuvertrauen, ihm zu vertrauen?

Wieder und wieder durchlebte das Mädchen den Auftritt auf dem Schulhof. Wie der Streit entstand, ist vergessen, aber die anderen Mädchen stehen in einem Ring um sie herum und verhöhnen sie. Das macht ihr nichts aus, sie versteht sich zu wehren und es ihnen mit gleicher Münze heimzuzahlen – mit Worten. Aber dann sagt eine etwas über ihre Mutter, nennt sie »Tuschkasten«. (Natürlich, »Die deutsche Frau raucht nicht und schminkt sich nicht«. Ihre Mutter tut beides, und die Nachbarn hegen wohl den Verdacht, daß die Mutter nicht so

»deutsch« sei, das heißt nicht so arisch, wie es wünschenswert war.)

Diese Beleidigung der Mutter kann das Mädchen nicht hinnehmen. Ihre schöne Mutter! Und dagegen diese Kühe, die anderen Mütter! Jetzt wird sie es ihnen geben, ihnen den Mund stopfen, und ein wenig von der Ehre wird – hoffentlich – auch auf das Mädchen abfärben. Und es bricht aus ihr heraus: »Aber *meine* Mutter steht in allen Zeitungen, sie ist es, die die Anzeigen für Uralt Lavendel schreibt!« Kaum sind die Worte gesagt, fühlt sich das Mädchen wie Lots Weib, als es sich umdrehte. Dies ist unwiderruflich, sie wußte es. Die anderen Kinder schienen freilich nicht besonders stark zu reagieren, sie waren nicht einmal sichtlich beeindruckt, aber das Mädchen war sicher, daß sie nur ihre Gelegenheit abwarteten. Die Strafe würde kommen, die furchtbare Strafe, und sie würde nicht nur sie allein treffen, das wäre noch ein Glück, sie würde auch die Mutter, den Stiefvater, Großmutter und Onkel vernichten – die ganze Familie. Und es wäre einzig und allein ihre Schuld.

Zwei Dinge waren dem Mädchen wieder und wieder eingeschärft worden: »Sage nie, niemals jemandem, was Großmutter über Hitler denkt!« Und als sie durch einen unglücklichen Zufall entdeckt hatte, daß ihre Mutter die Werbetexte für Uralt Lavendel schrieb: »Sprich auch darüber nie, niemals zu irgend jemandem!« Verstoße sie gegen diese Verbote, drohe der ganzen Familie ein nicht näher beschriebenes, aber schreckliches Unheil.

Daß sie die häßlichen Dinge, die die Großmutter über den Führer sagte, nicht weitererzählen durfte, konnte sie notfalls verstehen. Schließlich war die Großmutter alt und verstand es nicht besser, das Mädchen selber aber erinnerte sich voll Stolz an den Tag, da sie von einem Dienstmädchen zur Ehrenparade anläßlich des Geburtstages des Führers mitgenommen worden war. Nette SA-Männer hoben sie nach vorn, bis zur ersten Reihe, vielleicht in Erinnerung an die Worte »Lasset die Kindlein zu mir kommen«, und als das Auto des Führers vorbeifuhr, warf ihm das Mädchen ein Veilchensträußchen zu. Beseligt schien es ihr, als lächle der Führer gerade ihr zu. (Später, viel später, sollte auch dies gewissenhaft auf ihrem Schuldkonto verbucht werden.)

Das zweite Verbot jedoch begriff das Mädchen überhaupt nicht. Niemand hatte ihr erklärt, daß die Mutter Halbjüdin war und deshalb, selbstverständlich, aus der Reichsschrifttumskammer ausgeschlossen worden war. Nichts, aber auch gar nichts von ihrer Hand durfte veröffentlicht und gedruckt werden, nicht einmal ein Werbetext. Freunde, denen die ständige, hauptsächlich durch die großzügige und verschwenderische Veranlagung der Mutter verursachte Geldverlegenheit der Familie bekannt war, erbarmten sich und verschafften ihr diese Anzeigenschreiberei. Aber natürlich durfte dies nur in größter Heimlichkeit geschehen.

Tagelang verschloß das Mädchen die Angst in ihrem Herzen, wo sie nagte und riß wie das Füchslein an dem spartanischen Knaben, der es unter seinem Hemd versteckt hatte. Schließlich fand sie einen Priester, der ihr die schwere Bürde von der Seele nahm. Die fünf »Ave Maria«, die er ihr zur Buße auferlegte, waren erfüllt von Erleichterung und dankbarem Jubel.

11

Etwa zu dieser Zeit, das Mädchen war ungefähr neun, wurde sie zum ersten Ball ihres Lebens eingeladen. Ein Verwandter großmütterlicherseits verheiratete seine Tochter, und da der Vater der Braut ein hoher SS-Offizier war, wurde die Hochzeit zu einem kostspieligen Fest, einem großen Bankett mit Tanz.

Warum nahm die Mutter diese Einladung an? Der Stiefvater, das hochgewachsene, blonde Urbild des »Ariers«, wollte absagen, und das Mädchen fürchtete, der ganzen Herrlichkeit mitsamt dem neuen, langen Kleid aus altrosa, schwerer Seide verlustig zu gehen. Doch die Mutter bestand darauf, daß die Familie an der Hochzeitsfeier teilnehme, und wie üblich setzte sie ihren Willen durch. Welche nie ausgesprochenen Absichten hegte sie? War es die halbbewußte, magische Vorstellung, die Tochter dadurch schützen zu können, daß sie sie geradewegs in die Höhle des Wolfes führte? Daß sie dieses Mädchen mit ihrem altklugen Charme und ihrer vagen, zwielichtigen, verführerischen Verheißung mit der Bitte um Schonung vorzeigte? »Schauen Sie sie doch an, meine Herren (und bedienen Sie sich?), schauen Sie sie doch an, diesem Kind können Sie doch nichts Böses antun wollen? Vielleicht können Sie sie als Maskottchen verwenden, als Schutz gegen den bösen Blick, wäre sie dafür nicht geeignet? Aber bitte tun Sie ihr nichts Böses!« War es so? Oder war es wieder nur das mangelnde Verständnis der Mutter und ihre fehlende Einsicht in eine Wirklichkeit, die sich nicht manipulieren und beschwören ließ – nicht einmal durch Elisabeth Langgässer?

Was es nun war, erfuhr die Tochter nie, und im Grunde

floß es wohl aus derselben Quelle. Einer Quelle, an der auch die Tochter ihren Durst stillte, im guten wie im bösen, zum Leben und zum Tod.

Zu dieser Zeit wurde von dem Mädchen in ihrem Ballkleid eine Fotografie gemacht. Kerzengerade sitzt sie auf einem Hocker, und ihr Blick unter den kräftigen, geraden Brauen schließt sich um ihre Einsamkeit und ihre Geheimnisse. »Ach, wie gut, daß niemand weiß, daß ich Rumpelstilzchen heiß!« Nein, niemand wußte etwas, noch nicht einmal sie selber. Doch alle ahnten, flüsterten, tuschelten und zischelten, bereiteten ihr den Zaubertrank, knüpften an dem Netz, mit dem man sie fangen würde. Sie versucht zu spähen und zu lauschen, hat keine Worte, nur ihre Angst vor dem, was sie weiß und doch nicht weiß.

Wochenlang träumte und phantasierte das Mädchen von dem Ball und dem Kleid, das Modell wurde eigens für sie genäht, der Stoff fühlte sich so weich und schwer an, die eingewebten Pünktchen glitzerten wie Edelsteine, die neuen schwarzen Lackschuhe blinkten und glänzten. Wie fein sie sein würde!

Sie wird fast geblendet von dem starken Licht des Ballsaals und den harten Farben Rot und Schwarz, den an den Wänden drapierten Hakenkreuzfahnen, den leuchtend schwarzen SS-Uniformen der Männer. Das Mädchen bekommt den ihr wohlbekannten, schmerzhaften Angstkrampf im Magen, ist aber gleichzeitig wild vor Erregung. So, genauso muß einem zumute sein, wenn man zum Hexenball in der Walpurgisnacht geladen ist! Ihr Kavalier, der SS-Mann, der mit ihr tanzt, hebt sie hoch, hoch in die Luft und schwenkt sie rund, rund – es ist ein schwindelnd wunderbares und gleichzeitig entsetzenerregendes Gefühl. Sie ist auf Gnade und Ungnade ausgeliefert und will es sein. Gerade da passiert es, das Mädchen spürt, daß etwas in ihrem Schlüpfer geschieht, und es ist nicht nur Nässe, offenbar hat sie Durchfall bekommen. Wenn nur keiner etwas merkt, wenn es nur keiner riecht. (Das Unglück im Schlüpfer riecht oder »die dreckige Judengöre«?)

Das gleiche starke, grelle Licht. Selektion in Auschwitz-Birkenau. Heute sollen die Frauen der Weberei aussortiert werden, hat sie gehört. Wer taugt noch für ein, zwei Monate Arbeit, und wer ist fertig für's Gas?

Das Mädchen ist zur Arbeit in der »Schreibstube« abkommandiert, eine privilegierte Stellung. Die Überlebenschancen sind ungewöhnlich gut, keine unmenschlich schwere Arbeit, manchmal einen extra Napf Suppe und zudem ein Gesicht, das die SS-Frauen wiedererkennen, für sie ist sie »die Kleine aus Berlin«. Gerda, die Blockälteste in der Schreibstube, hat hinter einem Verschlag sogar ein eigenes Bett. Auf dem Bett liegt eine Steppdecke mit einem Spitzenüberwurf. Das Mädchen blickt manchmal verstohlen auf die rosaschimmernde Decke, wie schön sie ist.

All dies hat natürlich seinen Preis. Die Frauen in der Schreibstube sind, unter anderem, die persönlichen Dienerinnen der SS-Wachen und haben kleine private Aufträge zu erledigen. So knüpft sich ein Band zwischen ihnen, eine Beziehung, problemlos seitens der SS-Frauen, aber voller Scham und Schuld seitens der Häftlinge. Gleichzeitig erfährt man hier einen bitteren Triumph, die Frauen der Schreibstube haben eine Methode entdeckt, dem Tod für einen Monat, für eine Woche, für einen Tag ein Schnippchen zu schlagen. Sie haben Namen und Gesicht bekommen, und ihre speziellen Fertigkeiten sind dem Wachpersonal bekannt und werden geschätzt. Hier gibt es zum Beispiel Frauen, die prächtig ausgestattete, persönliche Glückwunschkarten zeichnen. Besonders gut gefällt dem Mädchen eine Karte, auf der ein Storch mit einem Baby angeflogen kommt, das fröhlich in einer Windel schaukelt, die der Storch in seinem langen roten Schnabel hält. Ein Baby in Auschwitz.

Später erfährt das Mädchen, daß die genau dosierte Gasmenge zwar ausreicht, Erwachsene zu töten, doch es soll vorkommen, daß Säuglinge noch am Leben sind, wenn die Fußböden der Gaskammern nach unten gekippt werden – zum Feuer der Verbrennungsöfen. Das Mädchen muß an Bratäpfel denken.

Zu diesem Preis gehört auch, bei Dr. Mengeles Selektionen im Lager anwesend zu sein und die Nummern derjenigen aufzuschreiben, die vergast werden sollen. Keine Namen, nur Nummern. In der Schreibstube stehen lange Regale mit schwarzen Wachstuchheften voller Nummern, fast hinter jeder gibt es ein Kreuz. Ein rotes Kreuz für »natürlichen« Tod, ein schwarzes für das Gas – vielleicht war es auch umgekehrt. Als das Mädchen durch die Pforte mit der Inschrift »Arbeit macht frei« gestoßen wurde, waren die Nummern schon so hoch geworden, daß sie auf dem Unterarm der Häftlinge keinen Platz mehr fanden. Und doch waren die meisten Neuankommenden schon an den Zügen aussortiert worden und brauchten weder Namen noch Nummer. Also begann man wieder von vorn und setzte ein A vor die Nummer. Das Mädchen wurde A 3709. Später schlug sie 3709 in dem schwarzen Wachstuchheft auf und fand ein Kreuz hinter der Nummer. Das Mädchen glaubte viel über ihre tote Nummernschwester zu wissen, alles was zu wissen wichtig war. Sie war eine Frau gewesen, das Dreieck vor der Nummer besagte, daß sie Jüdin war; Juden, Asoziale, Jehovas Zeugen und politische Häftlinge hatten verschiedenfarbige Winkel. Sie war jung und kinderlos gewesen. Eine ältere Frau oder eine Frau mit einem Kind auf dem Arm oder an der Hand wäre schon am Zug »aussortiert« worden. Sie war tot.

Aber das Mädchen lebte und trug ihre Nummer, und diese Nummer wurde zu einem Bindeglied zwischen ihnen, einem Blutsband. 3709 würde nicht vergessen, nicht völlig ausgelöscht sein, solange A 3709 lebte und atmete, wenn auch mit Mühe. Von nun an würde das Leben des Mädchens nie mehr nur ihr eigenes sein, eine andere hatte teil daran, »jetzt und in der Stunde unseres Todes«.

Die Selektion in dem starken, grellen Licht in der leeren Baracke. Die Schreie, das Weinen, das krachende Geräusch, wenn die Knüppelschläge der weiblichen SS-Wachen auf die gelbweiße, schlaffe Haut der nackten Leiber hageln; Haut, die wie nachlässig und zufällig über das Knochengerüst geworfen zu sein scheint. Die Körper sind bereits vom Tode gezeichnet und zeugen von absoluter Hoffnungslosigkeit, doch in ihnen glüht oft noch gegen alle Wahrscheinlichkeit ein letzter Funke von Lebenswillen. Die Häftlinge, die von Mengele gemustert und von seinem leidenschaftslosen Blick gewogen und für zu leicht befunden wurden und auf der »falschen« Seite der Baracke landeten, machen wieder und wieder verzweifelte Versuche, sich zurückzuschleichen und zwischen denen zu verstecken, die die Prüfung bestanden haben.

Mengele steht ungerührt mitten im Raum wie auf einer Insel. Er schreit nicht und schlägt nicht, seine Uniform ist makellos, seine Stiefel glänzen. Das Mädchen denkt an ihren ersten Ball, an den SS-Mann, der sie herumgewirbelt hat, rund, höher, höher, schneller, schneller. Es überkommen sie dieselbe widerstandlose Unterwerfung, die Angst und der Sog. Etwas anderes kann und darf sie nicht fühlen, ihre Aufgabe ist es, die Nummern aufzuschreiben, so genau und säuberlich wie möglich. Sie sieht den Verurteilten nicht in die Augen, sieht nur auf die Nummer am Arm. Ein neuer Arm, die schlaffe, runzlige Haut einer alten Frau. Eine winselnde, bettelnde Stimme: »Bitte, liebes Fräulein, schreiben Sie, daß mein Mann arisch war, rein arisch!« Das Mädchen blickt auf und sieht; sieht in das Gesicht ihrer Großmutter.

Natürlich kann sie es nicht sein, die Großmutter ist ja schon vor ein paar Jahren gestorben, »Wohlversehen mit den heiligen Sterbesakramenten«, daheim im Eichkatznest. Und doch weiß das Mädchen, daß es die eigene Großmutter ist, die sie mordet, als sie ihre Nummer ordentlich notiert. Sieht Mengele sie an? Sieht die Mutter sie an? Wessen Geschäfte erledigt sie hier eigentlich?

12

Blank und rund leuchtet der Marienkäfer auf dem saftig grünen Grashalm. Marienkäfer im Marienmonat. Behutsam streckt das Mädchen den Zeigefinger aus, und der Marienkäfer setzt vertrauensvoll seine Wanderung vom Grashalm auf den andächtig wartenden Finger des Mädchens fort. Sie zählt die schwarzen Pünktchen, so viele Punkte so viele Jahre hat sie noch zu leben. Multipliziere mit zehn, wenn du willst, aber das will sie nicht. Vorsichtig haucht sie auf die Flügel des Marienkäfers und summt falsch und innig das alte Kinderlied:

Flieg, Käfer, flieg
Dein Vater ist im Krieg
Dein' Mutter ist in Pommerland,
Pommerland ist abgebrannt,
Flieg, Käfer, flieg!

Ein heimlicher und heiliger Bund ist zwischen dem Kind und dem Marienkäfer geschlossen worden, das Lied ist die Losung. Die beiden verstehen einander und wissen, wovon sie sprechen – schon damals. Der unerreichbare Vater, weit fort im Krieg, und die Mutter in dem öden, verbrannten Land. Aber der Atem eines Menschen streift deine Flügel, und du fliegst, klein und rund fliegst du der Sonne entgegen. Aus Sehnsucht, Kummer und Schmerz, aus Einsamkeit und Verlassenheit heraus tragen dich deine Flügel – der Sonne entgegen, dem Tode entgegen und über ihn hinaus. Doch du fliegst. Flieg, Käfer, flieg!

13

Jahreszahlen und Ereignisse fließen ineinander, die Wirklichkeit wird immer wirrer, ungreifbarer und chaotischer, aber den einen oder anderen Anhaltspunkt gibt es, den einen oder anderen Meilenstein und das eine oder andere deutliche Erinnerungsbild.

Das Mädchen ist gerade in die Oberschule gekommen, muß also zehn Jahre alt sein. Die Schülerinnen haben sich einen neuen Schabernack ausgedacht: man läßt die Luft aus den Fahrradschläuchen der anderen. Natürlich will das Mädchen mitmachen, das muß doch wohl zu der Abteilung »so sein wie alle anderen« zählen? Oder vielleicht doch nicht? Sie weiß sehr wohl, daß sie dabei nicht harmlosen »Schabernack« treibt; wenn die Luft rauszischt und der Schlauch zu einem schlappen, platten Ding wird, empfindet das Mädchen bösartige, genußvoll befriedigte Rachegelüste. Wahrscheinlich wird gerade sie deshalb ertappt und zu der Schulleiterin befohlen, wo ihr der Bescheid zuteil wird, sie sei aufgrund ihres schlechten Betragens von der Schule verwiesen. Keine Bitten und Tränen helfen, dennoch scheint die Schulleiterin ihr gar nicht böse zu sein, sie sieht das Mädchen vielmehr sehr mitleidig an, trotzdem fühlt das Mädchen sich aufsässig, die Strafe steht in keinem Verhältnis zu dem Vergehen, und warum gerade sie, warum immer gerade sie? Sie hat Angst, nach Hause zu gehen, und wankt stundenlang auf den Straßen umher. Oh, diese Berliner Straßen, Straßen – Angst, Angst – Straßen. Als sie sich endlich heimwagt und stotternd, entschuldigend versucht, von ihrer Schmach und Schande zu berichten, scheinen die Eltern bereits zu wissen – und sich nichts daraus zu machen! »Jaja, geh jetzt in die Küche und nimm dir was zu essen!« Das Mädchen weiß nicht, was schlimmer ist: streng bestraft zu werden, sogar Prügel zu bekommen, oder diese gleichgültige Nachsicht. Es ist doch nicht möglich, daß sie so gelinde davonkommt, die Strafe folgt bestimmt später und wird um so härter ausfallen.

Sie kann ja nicht wissen, daß das Ganze ein abgekartetes Spiel ist, eine Farce, die im voraus in bester Absicht zwischen den Eltern und der Schulleiterin verabredet worden ist. Nach wenigen Monaten in der Oberschule steht fest, daß das Mädchen nicht den »Ariernachweis« vorzeigen kann, der erforderlich ist, um in den Genuß des höheren Unterrichts zu kommen. Die Schulleiterin hat keine Wahl, das Mädchen muß die Schule verlassen, da sie aber eine barmherzige Frau ist, gibt sie den elterlichen Bitten nach und erfindet einen Vorwand, das Mädchen hinauszuwerfen. Das Kind soll geschont werden und so lange wie möglich in Unkenntnis bleiben.

Außerdem, wie könnte man es ihr erklären, wo sollte man anfangen? Später, als es unvermeidlich wird, übernimmt der Stiefvater den heiklen Auftrag der Erklärung. »Wenn du Jüdin bist«, sagte er, »dann bin ich genausogut Jude, wir alle stammen von Vater Abraham ab, haben unsere Wurzeln im Alten Bund. In diesem Sinne sind wir als Christen alle Juden.« Doch da weiß das Mädchen bereits, daß dies nicht wahr ist, nicht ihre Wahrheit ist.

14

Die Nebel werden dichter um das Mädchen – »Der Große Krumme«. Noch lebt sie in der scheinbar geborgenen Welt des Eichkatznestes, ahnt aber, daß sie dort nur Gast und Fremdling ist. Die kleinen Schwestern treffen nach und nach ein, und die Großmutter und der Onkel wohnen noch immer im Obergeschoß des Hauses, die Großmutter ständig kraftloser, der Onkel freundlich ausweichend wie stets. Er läßt sich von seiner – streng geheimen – Arbeit als Chefingenieur bei Siemens aufsaugen, er pusselt und bastelt an seinem Auto herum und widmet sich seinem großen Hobby, dem Fotografieren. Getreulich porträtiert er die wachsende Familie, die sich vom Erdgeschoß aus über das ganze kleine Haus verteilt. Das Mädchen hat ein eigenes Zimmer, eine Dachkammer mit schräger Decke. Lange kniet sie vor dem ovalen Fenster und schaut hinaus auf die wohlgepflegten Gärtchen der Nachbarn, sie möchte ihre Hände ausstrecken und den Herrgott bitten, dieses anspruchslose Idyll zu schützen und zu bewahren. Sie spürt, daß es gefährdet ist, spürt es im eigenen Körper, hört das Ticken der Todesuhr. Schon jetzt sieht sie in den Fotografien des Onkels Dokumente und Erinnerungsstücke, wo man, wie auf der Ansichtskarte aus dem Urlaub, ein kleines Kreuz einzeichnet: Hier habe ich gewohnt. Hier habe ich gelebt. Vergeßt mich nicht!

In dem eigenen Garten gibt es einen großen Kirschbaum, das Mädchen hat ein Herz mit ihren Initialen und denen des Nachbarjungen in die Rinde geschnitten. Das Messer rutschte ab, und sie schnitt sich ins Handgelenk, die kleine Narbe neben der Pulsader wurde das Siegel der Zugehörigkeit, Pfand und Bestätigung dafür, daß auch sie ein Heimatrecht in der Welt des Lebens hat. Später sollte das Ausschwitzzeichen auf denselben Arm tätowiert werden, doch jedesmal, wenn sie diese kleine Narbe liebevoll betrachtete, selbst viel später als erwachsene Frau, wurde sie daran erinnert und dessen rückversichert, daß das Auschwitzzeichen nicht die einzige Wahrheit über sie und ihr Leben ist. Wenn auch die größte und tiefste – denn haben nicht Tod, Schmerz und Leiden stets das letzte Wort? –, aber nicht die einzige Wahrheit.

Zu der guten, kleinen Welt des Lebens, die das Mädchen nicht als rechtmäßiges Erbe betrachtete, aber dankbar entgegennahm, gehörte auch so etwas wie der Duft des frischgebackenen Kuchens, der am Sonntagmorgen in der Küche unter den weißen Servietten auf die Rückkehr der Familie aus der Messe wartete. Das Mädchen versäumte nie, das Meßbuch schon in der Hand, vorsichtig die Servietten zu lüften, um zu sehen, welche Sorte es an diesem Sonntag geben würde: Streuselkuchen mit viel Streusel und dünnem Teig, Pflaumen- oder Käsekuchen. Nach der Kirche würde der Genuß doppelt so groß sein, weil er so wohlverdient erschien. Die heilige Kommunion für die Seele und den Streuselkuchen für den Leib, in diesen Augenblicken war die Welt heil und das Mädchen ein Teil von ihr.

Diese Art Glück, vollendet und unendlich wie ein Ei in der Hand, empfand das Mädchen ganz besonders zu Ostern. Die Mysterien des Todes und der Auferstehung waren gegenwärtig und sinnlich greifbar in der Dramatik der Ostermesse, die in den überwältigenden, grenzüberschreitenden Osterjubel mündet. Licht, aber eine andere Art Licht, das ganz andere, das lebendige Licht nach der dunklen Nacht des Todes, die Glocken, die in ihrem Eifer, das Wunder der großen Freude zu verkünden, übereinanderstolpern, das Orgelbrausen und der Gesang – für das Mädchen wurde all dies zu eigenem Tod und eigener Auferstehung. Und so war es wohl gemeint. »Wir starben mit Ihm und sind wieder auferstanden in Ihm.«

Ostern war auch Frühlingssonne, Ostereier, die zwischen Krokus, Osterglocken und Tulpen im Garten versteckt waren, die ersten weißen Kniestrümpfe des Jahres und »Vom Eise befreit sind Strom und Bäche«. Diese berauschende Befreiung, dieses ungehemmt strömende, perlende, gluckernde Glück gab es überall, ringsum und in dem Mädchen selber. Ihr Panzer, das Stützkorsett der Härte und Verhärtung, schmolz und löste sich auf, sie wagte sich zu öffnen, weich und empfänglich zu sein. Eine Zeitlang.

15

Als der Judenstern kam ... das klingt wie »als die Schule anfing« oder »als es Herbst wurde«, so selbstverständlich und völlig undramatisch, der gewohnte Gang des Lebens. Kann man es nicht auf andere Art sagen, gibt es keine anderen Worte? Nein, nicht für das Mädchen, der Judenstern war nur eine dieser Unbegreiflichkeiten, die ihr Leben zu einem schwankenden Moorboden machten, die sie gleichzeitig aber akzeptierte und als natürlich und unvermeidbar hinnahm. Sie hatte gelernt, daß alles passieren konnte, was auch immer und wann auch immer und aus unerklärlichen Gründen.

Ein deutliches Erinnerungsbild gibt es jedoch. Das Mädchen ist gerade aus der Schule gekommen, seit ein paar Monaten geht sie in eine jüdische Schule (wie erklärte man ihr das?), sie sitzt am Küchentisch, während die Mutter ihr das Essen macht. Es ist das Mädchen, das der Mutter vom Judenstern erzählt, sie muß es in der Schule gehört haben, die Mutter schreit auf und läßt ums Haar die Bratpfanne fallen, die sie gerade vom Herd genommen hat. Das Mädchen beobachtet sie mit mißbilligender Kühle, was ist denn daran so schlimm, ist das nun ein Grund, hysterisch zu werden? Das Mädchen selber nahm an, ihre neblige Welt, die filzgraue mit verwischten Konturen, werde sich durch den leuchtend gelben Judenstern verdeutlichen. Seit geraumer Zeit darf sie nachts nicht mehr zu Hause schlafen, sie fährt von ihrer Übernachtungsstelle zur Schule, danach heim ins Eichkatznest und abends wieder zur Schlafstelle.

Als Sternträgerin muß sie das Heim jetzt endgültig verlassen. Sie sieht ein, daß sie für die ganze Familie zu einer tödlichen Bedrohung geworden ist, das Kuckucksjunge muß aus dem Nest geworfen werden. Jedes Haus und jede Wohnung, wo ein Jude wohnt, muß mit einem Judenstern aus Papier gekennzeichnet werden, der an die Haustür zu kleben ist. Das vereinfacht die Arbeit, wenn die grauen, mit Planen abgedeckten Lastautos ihre Ernte einsammeln. Das Mädchen lernt schnell sie zu erkennen, späht vorsichtig um die Ecke, bevor sie in eine neue Straße ausweicht. Straßen – Angst, Angst – Straßen.

Der Judenstern an der Tür warnt, wie die Schelle der Aussätzigen, vor der Seuche, die das Mädchen hat.

16

Zur selben Zeit muß sie auch aus dem Verein Katholischer Mädchen ausscheiden, dem sie angehört.

Als sie eines Abends bei der bewunderten Leiterin eingeladen wird, ist sie sehr stolz über die ungewöhnliche Ehre, die ihr widerfährt. Auf dem Tisch stehen Kerzen und Kuchen, an der Wand hängt die für gewisse deutsche Jungmädchenzimmer obligatorische, sentimentale Totenmaske »Die Unbekannte aus der Seine«, und auf der Kommode steht eine kunstgewerbliche Madonnenfigur. Es ist sehr stimmungsvoll, im Verein Katholischer Mädchen ist man sehr für Stimmung. Die junge Frau bemüht sich um das Mädchen, ist freundlich und beschützend wie eine ältere Schwester und sehr verlegen. Das Mädchen müsse verstehen, es sei tief bedauerlich und tue ihr sehr weh, aber es gebe keine Wahl. Falls man entdecke, daß man Mitglieder habe, die den Judenstern tragen, würden die Behörden den Verein auflösen, also sei es wohl das beste, das Mädchen komme nicht mehr zu den Versammlungen. »Du kennst doch unsere Losung: Einer für alle und alle für einen.«

Eine schwindlige Sekunde lang denkt das Mädchen, daß es jetzt vielleicht an der Zeit wäre für »Alle für einen«, verwirft diesen ketzerischen Gedanken aber sofort wieder. Wenn jemand geopfert werden, jemand das Boot verlassen muß, dann ist sie es selbstverständlich, sie, die Auserkorene, sie, die Auserwählte. Sie nimmt das Heiligenbild entgegen, das die Leiterin ihr zum Abschied schenkt, erträgt ihre tränenreiche Umarmung und schluckt die eigenen Tränen hinunter. Aber sie legte das Heiligenbild nie, wie es üblich war, in ihr Meßbuch – es ging irgendwann verloren.

17

Die Abendwanderungen durch die Berliner Straßen an der Hand des Stiefvaters. Noch schlich sie sich bisweilen nach Hause ins Eichkatznest. Wenn es zu dunkeln begann, begleitete der Stiefvater sie den langen Weg zurück zu ihrem derzeitigen Aufbewahrungsort. Da Juden nicht die öffentlichen Verkehrsmittel benutzen dürfen, müssen sie zu Fuß gehen. Das Mädchen ist gezwungen fast zu laufen, um mit dem hochgewachsenen Mann Schritt zu halten. Er sprach nicht mit ihr, aber sie spürte seine verbissene Wut, seinen stummen, hilflosen Zorn auf diejenigen, die dem Mädchen, seiner »törichten Barbe«, Böses tun wollten.

Auf diesen Gängen empfand das Mädchen eine seltsame Geborgenheit. Der große, stumme Zorn des Mannes war ihr Schutz und Schirm.

18

Berlin wird geleert, »gesäubert« von seinen noch übriggebliebenen Juden, und das Mädchen wird herumgeschubst von einem Platz zum anderen, wo noch jemand hinter den gekennzeichneten Türen wohnt. Eine Zeitlang schläft sie in dem, was man einst als Herrenzimmer bezeichnete, mit Böcklins »Die Sünde« in wollüstiger und abschreckender Verlockung an der Wand und einem Perlenvorhang, der ihr Zimmer vom Schlafzimmer der Wohnungsinhaberin trennt. Das Mädchen liegt bis tief in die Nacht wach und lauscht den verwirrenden und beängstigenden Lauten hinter dem Perlenvorhang. Dem hoffnungslosen Gejammer der Frau, wenn sie allein ist, und dem halberstickten Lachen und Stöhnen, wenn sie Besuch von einem ihrer vielen männlichen Bekannten hat.

Die vielen Selbstmordversuche der Frau hingegen erschrecken das Mädchen nicht sonderlich, sie erkennt, daß sie nicht ernstgemeint sind, nicht wirklich zum Tod führen sollen. Die stets mit Tabletten verübten Selbstmordversuche – die Frau ist Apothekerhelferin gewesen –, sind so etwas wie Racheakte gegen ihren davongelaufenen Mann, den arischen Mann, der seine jüdische Frau verlassen und das einzige Kind, ihren Sohn, mitgenommen hat. Die Bitterkeit und der Haß der Ehefrau-Mutter auf den Treulosen, den Verräter, sind grenzenlos, sie rast und schreit, bis sie über der Fotografie des Sohnes in stillem, ermattetem Weinen zusammenbricht.

Später wohnt das Mädchen in einem Schlafzimmer, mit dem eine kleine jüdische Schneiderin ihren Traum von Eleganz und Verfeinerung verwirklicht hat. Alles ist weiß, von blinkendem, unschuldigem Weiß, dekoriert mit goldenen Ranken in verschlungenem Jugendstil. Diese Herrlichkeit zusammenzunähen muß Jahre gedauert haben, selbst dann, wenn man wie diese kleine mollige Wienerin für »Berlins vornehmste Damen, Schauspielerinnen und Gattinnen von Professoren und Doktoren« genäht hat. Für sie ist es mehr als nur eine Schlafzimmereinrichtung, es ist das sichtbare Zeichen und der Beweis dafür, daß sie es zu etwas gebracht hat. Andere erhalten für ihre Tüchtigkeit und ihren Stolz Titel und Diplome, sie bekam eine Schlafzimmereinrichtung, unmöglich konnte sie die im Stich lassen und fliehen, um das Leben zu retten – dies war ihr Leben.

Jetzt teilt sie ihr Schlafzimmer und ihr Leben mit dem Mädchen. Die Schneiderin gehört zu den immer weniger Werdenden, die noch nicht abgeholt worden sind, ihre Talente werden nämlich jetzt von der Wehrmacht beansprucht, sie näht Uniformen. Einmal hätte man sie und das Mädchen beinahe »erfaßt«, aber die Schneiderin konnte eine Bescheinigung darüber vorzeigen, daß sie im Wehreinsatz arbeitete. Der Gestapomann wies auf das Mädchen: »Und die da?« Die Schneiderin antwortete schnell: »Oh, die hilft mir, sie näht die Knopflöcher.« Das Mädchen hatte nie auch nur einen Stich nähen können, die Handarbeiten für die Schule wurden ja von der Großmutter angefertigt.

Dieses eine Mal ging es jedenfalls gut, aber noch einmal würde es kaum gutgehen, das wußten beide.

Nicht lange danach kam die Nacht, da sie von Getrampel und Schreien im Treppenhaus geweckt wurden. Koffer und Menschen, die mit Fußtritten die Treppe hinunterbefördert wurden: »Los, los, schneller, fertigmachen . . .«

Das Mädchen und die Schneiderin liegen mucksstill in den weißen Betten in dem pechschwarzen Zimmer, wo die schwarzen Luftschutzgardinen sorgfältig vorgezogen sind. Keine von beiden kommt auf den Gedanken, Licht zu machen, so als sei es möglich, sich im Dunkeln zu verstecken, außerdem sind sie gelähmt vor Entsetzen. Sie wissen, daß man gleich, gleich an ihre Tür schlagen und treten wird, jede Sekunde können sie an der Reihe sein. Das Mädchen vermag keinen Finger zu rühren, noch viel weniger die Hände zu falten, aber tief drinnen betet sie zur Schutzmantelmadonna: »Maria, breit den Mantel aus, mach uns ein Schutz und Schirm daraus.«

Dann wird es plötzlich still, ganz still, und in der Stille hören sie das Lastauto auf der Straße starten. Ein Wunder war geschehen. Der Judenstern an ihrer Tür war ganz deutlich zu sehen, aber der Engel des Todes war vorübergegangen. Die Mutter Gottes hatte sie unter ihrem himmelblauen, sternenbesetzten Mantel verborgen, oder vielleicht war es ja die Mutter des Mädchens gewesen, die mit ihren Zauberkünsten eine Tarnkappe über die Tochter und ihre Zimmerwirtin geworfen hatte. Denn noch war es nicht so weit. Das Mädchen war gerettet. Für diesmal.

19

Kurze Zeit darauf wird das Mädchen zu Cordelia Garcia-Scouvart, einer Spanierin mit echtem spanischem Paß, spanischer Staatsangehörigkeit und einem spanischen, in den Paß eingestempelten Einreisevisum.

Die Mächte in ihrem Leben, die Mutter und die Kirche, hatten sie aus dem Rachen des Todes gerissen – vorläufig, ihr ist nur noch eine kurze Frist vergönnt, aber das wissen sie nicht. Der Bericht der Tochter von der Schreckensnacht drang in die Mutter ein, fegte die schützenden Bilder fort und zersplitterte sie. Die Wirklichkeit schlug ihre Klauen in die Mutter, vermochte aber nicht ihren Glauben an die eigene magische Allmacht zu erschüttern, mit deren Hilfe sie die Tochter doch noch würde retten können. Jetzt handelte sie mit der wütenden Kraft und dem Mut einer Tigerin, deren Junges bedroht ist.

Nicht weit von der Kirche entfernt, wohin die Mutter zur Messe ging, lag ein deutsches Lazarett, und unter den verwundeten deutschen Soldaten gab es auch ein paar Spanier aus der symbolischen Streitmacht, die Franco Hitler geschickt hatte, vermutlich als Dank für die Hilfe während des Bürgerkrieges. Der Mutter war ein junger spanischer Offizier aufgefallen, der regelmäßig die Messe besuchte; dieser hübsche und wahrscheinlich fromme, junge Mann sollte ihre Tochter retten, entschied sie.

Das Mädchen war überhaupt nicht erstaunt, als sie hörte, daß der junge Mann nach nur einem einzigen Gespräch mit der Mutter auf der Stelle das Anerbieten gemacht hatte, mit dem Mädchen eine Scheinehe einzugehen, eine Ehe, die ihr die spanische Staatsangehörigkeit verschaffen würde. Da die Vierzehnjährige aber noch nicht das gesetzliche Heiratsalter erreicht hatte, wurde aus diesem Plan nichts, und um das Mädchen adoptieren zu können, war der junge Mann noch nicht alt genug. Jedenfalls war er es, der die Mutter auf die Spur einer uralten Dame führte, die bei München in einem Schloß wohnte. Es hieß, die Alte sei die letzte bayerische Kronprinzessin und stamme selber aus spanischem Königsgeschlecht, vielleicht könne sie helfen. Die Mutter fuhr nach München und fand eine alte, hilflose Frau vor, die in ständiger Angst vor ihrer nazistischen Schwiegertochter lebte, einem namhaften Mitglied des Deutschen Frauen-Bundes. Aber die Mutter fand auch das treue spanische Dienerpaar der Alten, Köchin und Gärtner, die sich bereit erklärten, das Mädchen zu adoptieren und zu retten.

Das Märchen wurde wahr. Nachdem alle Formalitäten hastig erledigt worden waren und man dem Mädchen während einer feierlichen Zeremonie in der spanischen Botschaft die spanische Staatsbürgerschaft verliehen hatte, konnte sie den Judenstern ablegen. Danach schickte man sie zu dem verzauberten Schloß, wo die gute Königin von der bösen Hexe gefangengehalten wurde. Das Mädchen wurde im Zimmer des Dienerpaares versteckt, um dann eines Tages, als die Hexe in ihrem prächtigen, mit vielen Pferdestärken ausgestatteten Wagen davongefahren war, in das Gemach der Märchenkönigin geführt zu werden. Das Mädchen knickste und dankte, und die Märchenkönigin betrachtete sie freundlich und betrübt und segnete sie mit dem Zeichen des Kreuzes. Danach kehrte das Mädchen in das Eichkatznest zurück, denn jetzt besaß sie ja den Talisman, der sie und ihre Familie vor allem Bösem schützen würde – den spanischen Paß.

An diesem Abend feierte die Mutter die Wiederkehr ihrer Proserpina aus dem Tal des Todesschattens, der Kreis habe sich geschlossen, sagte die Mutter, die Tochter, die unter Schmerzen und Tränen in München geborene, sei nun wiedergeboren, wiedererlöst und der Mutter in derselben Stadt wiedergeschenkt worden. Nie war die Mutter schöner gewesen als an diesem Abend, fand das Mädchen. Ihr schwarzes Haar und ihr roter Mund leuchteten, der Strahlenglanz der brennenden Kerzen spiegelte sich in den grünen Römern mit dem goldgelben Wein. Es war so schön, daß es dem Mädchen weh tat. Sie hätte am liebsten geweint, denn ein Gefühl sagte ihr, daß dies eine Abschiedsfeier war, nicht ein Wiedervereinigungsfest, wie die Mutter glaubte. Das Mädchen wußte, daß ihr nur eine kurze Frist geschenkt war, aus Gnade geliehen, Proserpina war nur zu Besuch unter den Lebenden, bald würde die Stunde schlagen, die Wolfsstunde zwischen Nacht und Morgengrauen, die Stunde der grauen Unterwelt. An diesem leuchtenden Festabend nahm das Mädchen Abschied von allem, was sie liebte. »Jetzt komme ich noch einmal – und dann nimmermehr.« Nimmermehr.

Doch etwas würde sie mit auf den Weg nehmen. Den Ariadnefaden, den die Mutter ihr gegeben hatte, den Faden des Märchens, des Mythos' und des Gedichts, dünn wie Seide und, so hieß es, stärker als der Tod. Aber das Mädchen wußte auch, daß der Ariadnefaden der Mutter, die nie durchschnittene Nabelschnur, sie dorthin führen würde, wohin sie nicht wollte, zur Pforte des Totenreiches. Was sie dahinter erwartete, wußte sie nicht, doch schon spürte sie, wie sich die letzte große Einsamkeit um sie schloß.

20

»Wir wollen uns von Dr. Michaelis verabschieden.« Dr. Michaelis war in letzter Zeit zum Vormund des Mädchens ausersehen worden. Da sie außerehelich geboren ist, muß sie nach dem Gesetz einen Vormund haben, und da sie jüdischer Herkunft ist – zu dieser Zeit liegen die Papiere auf dem Tisch –, muß auch der Vormund Jude sein. Dr.

Michaelis, Jurist und Vorstand einer liberalen jüdischen Gemeinde in Berlin, erfüllt die Bedingungen. Er ist ein zierlicher, dünner, sehr kultivierter und höflicher alter Herr. Jetzt soll er abtransportiert werden, und die Eltern und das Mädchen wollen sich verabschieden.

Im Treppenhaus von Dr. Michaelis' Wohnung in Charlottenburg riecht es nach Kohl und Abwaschwasser. Der Judenstern an der Tür ist so säuberlich angebracht, daß Dr. Michaelis einen Zollstock benutzt haben muß, um den Abstand zwischen den Türpfosten zu messen. In der Wohnung stehen die Koffer gepackt, mit gedruckten Visitenkarten als Namenszettel. Die umfangreiche und verweinte Frau Michaelis wuselt herum und versucht zu überlegen, welche wesentlichen, zur leiblichen Notdurft gehörenden Dinge sie vergessen hat einzupacken.

Ihr Mann hingegen ist ruhig und gefaßt; als die Gäste eintreffen, schneidet er sich gerade sorgfältig die Nägel. Das helle Sommerlicht leuchtet durch seinen dünnen Körper hindurch, er ist in der eigentlichen Bedeutung des Wortes »erleuchtet«, findet das Mädchen, so etwas wie ein Geistwesen, duftlos, schwerelos, eine Kerzenflamme, die im Sommerwind erlöschen wird. »Ein sanfter Tod?« Nein, aller Wahrscheinlichkeit nach nicht, aber es ist denkbar, es ist anzunehmen, daß Dr. Michaelis keinen Widerstand leistete, daß er einen tiefen, tiefen Atemzug tat und so selber die Flamme löschte, das Dunkel willkommen hieß.

Doch noch steht er am Fenster und leuchtet und schneidet sich die Nägel. Als die Gäste hineingeführt werden, bittet er tausendmal um Entschuldigung, er habe sie noch nicht erwartet, aber wahrscheinlich bleibe nicht mehr viel Zeit, es sei notwendig, fertig und bereit zu sein. »Man weiß ja nicht, wann man wieder einmal Gelegenheit hat, sich die Nägel zu schneiden«, lächelt er still. Dann bekommen die Eltern und das Mädchen ein paar Andenken geschenkt, Dr. Michaelis war ein liebevoller Sammler schöner, meistens spröder Dinge. Die Mutter bekommt ein paar Kaffeetassen aus Meißener Porzellan, bemalt mit Hirtinnen, die auf den Auen der Unschuld spielen, der Vater erhält einen Ebenholzstock mit Elfenbeinkrücke. »Ich freue mich sehr, daß wenigstens diese Dinge nicht in rohe Hände fallen«, sagt Dr. Michaelis, als er ihnen die Geschenke aufdrängt. Dann wendet er sich an das Mädchen: »Ich weiß, daß du gern Stifter liest, darum gebe ich dir dies«, und er tätschelt ihr mit seinen dünnen, knochigen Altmännerhänden den Kopf. Das Mädchen bekommt zwei in Leder gebundene Bände mit Goldschnitt, sie bergen Adalbert Stifters Welt von unendlichem Frieden, von Zeit jenseits der Zeit, ein Meer von Zeit für ein stilles Leben und Gedeihen, für Geduld, Aufmerksamkeit und unmerkliches Wachsen. Das Mädchen knickst und dankt und guckt zu Boden. Da bemerkt sie Dr. Michaelis' kleine Füße in den altmodischen Knopfstiefeln, sie versucht, die kleinen schwarzen Kugelknöpfe zu zählen, wird aber nicht fertig.

Es ist an der Zeit, Dr. Michaelis Lebewohl zu sagen.

21

Es war ein so schöner Herbsttag im Wald gewesen, »im schönen, deutschen Wald«. Das Mädchen und der Onkel waren hinausgefahren, um Pilze und Beeren zu pflücken, und zusammen mit Onkel Heini konnte das Mädchen zur Ruhe kommen, ausruhen. Er redete nicht ständig auf sie ein, verlangte nichts, erweckte keine Gefühlsstürme, sondern bot ihr geruhsame Wärme und Freundlichkeit. Zeitweilig konnte er sogar mit hintersinnigen Scherzen und einem halberstickten Lachen überraschen.

Als sie abends mit ihrer Ernte heimkamen, lag ein Zettel auf dem Küchentisch mit der Aufforderung, bei den Eltern reinzuschauen, selbst wenn es spät werden sollte. Das Mädchen ahnte sofort nichts Gutes, was hatte sie jetzt wieder angestellt? Es mußte schon etwas Ernstes sein, wenn man so spät abends noch mit ihr ins Gericht gehen wollte. Denn natürlich ging es um sie, um ihren Fehler, ihre Schuld. War der kleine weiße Fleck in der Hand nicht in letzter Zeit größer geworden? Sie glaubte, das Aussatzmal jetzt deutlicher zu sehen, wenn sie sich in der Toilette einschloß, um ihre Schande zu mustern. Hatte jemand anders es auch schon entdeckt? Sie riß sich zusammen, panzerte sich vor dem, was, wie sie wußte, kommen würde, kommen mußte.

Die Mutter und der Stiefvater lagen schon auf dem breiten Sofa, das nachts als Bett diente. Über dem Bett hing ein mehr als meterhoher Christus, der, weil ihm das Kreuz fehlte, sein nacktes Leiden unverhüllt in das schöne Zimmer mit seinen wenigen, aber sorgfältig ausgewählten antiken Möbeln hinausschrie. Das Zimmer diente dem Vater auch als Arbeitszimmer in den seltenen Stunden, da seine triste Erwerbstätigkeit und die Ansprüche der Mutter ihm Zeit ließen, sich mit dem zu beschäftigen, dem er sein Leben am liebsten gewidmet hätte: ein Buch über den Kirchenvater Augustinus zu schreiben. Als Dr. Wilhelm Hoffmann zum Reinhold der Mutter wurde, wußte er, daß ihm jede akademische Karriere künftig verschlossen sein würde. Das war die Strafe dafür, daß er die arische

Rasse bewußt schändete. Damit, daß er viele Jahre lang auch von seiner eigenen Familie verstoßen werden sollte, hatte er sicherlich nicht gerechnet, aber in deren Augen hatte er die Familienehre dadurch befleckt, daß er eine Frau mit einem außerehelichen Kind geheiratet hatte.

In Reinholds Zimmer schien der leidende Christus ganz an seinem Platz zu sein. Die Verteidigung des Mannes gegen die vielfältige Pein des Lebens, zu der später auch lange Zeit die Mutter zählen sollte, bestand darin, zu schweigen, stumm wie ein Fisch am Schreibtisch zu sitzen, unerreichbar zu sein, kein Sterbenswörtchen zu sagen, den Schrei des Zorns und der Verzweiflung, der in ihm pochte und hinaus wollte, zu ersticken. Dieses dumpfe, randvolle Schweigen konnte tagelang andauern.

Der schmerzverbogene, wunde Leib an der Wand schwieg gemeinsam mit Reinhold. Litt mit ihm.

Gleich beim Betreten des Zimmers suchte der Blick des Mädchens das Gesicht des Stiefvaters. Das Benehmen der Mutter gab meistens keinen Aufschluß über den Ernst der Situation. Da ihr jeder Sinn für Proportionen fehlte, konnte sie genauso verzweifelt und außer sich sein, wenn das Dienstmädchen gekündigt hatte, wie wenn sich ihre beste Freundin das Leben nahm – jedenfalls für den Augenblick. Genauso wie sie sich mit Inbrunst für ein neues Gedicht von Wilhelm Lehmann begeisterte, geriet sie auch in Ekstase über Kinderzeichnungen ihrer kleinen Töchter. Die Gefühle der Mutter bedurften nicht einmal eines persönlichen Anlasses, um sich dramatisch zu äußern. Es konnte geschehen, daß sie in ein Zimmer kam, wo der Stiefvater das Mädchen auszuschelten schien, und schon griff die Mutter ein und verpaßte der Tochter eine schallende Ohrfeige. »Aber warum schlägst du sie denn?«

fragte der Mann verblüfft. »Du schimpfst doch mit ihr«, antwortete die Mutter mit unverstellter Verwunderung.

Die äußeren Anzeichen beim Stiefvater verstand das Mädchen hingegen mit Leichtigkeit zu deuten. Die in Wut zusammengebissenen Kiefer, die blauen, in Qual vor sich hin starrenden Augen, die Stirnfalten, die den brennenden Kopfschmerz verrieten – all das war jetzt zu sehen, und das Mädchen wußte. Es mußte viel schlimmer sein, als sie geglaubt und geahnt hatte.

Schweigend reichte die Mutter ihrem Bruder einen Brief in Maschinenschrift auf Behördenpapier, eine Aufforderung, sich im Hauptquartier der Gestapo einzufinden. Sie betraf das Mädchen, aber die Mutter hatte bereits beschlossen, ihre Tochter zu begleiten – so weit, wie sie es vermochte.

Wie stets war das Mädchen sehr stolz auf die schöne, elegante Mutter, die an diesem Tag einen weißen Leinenmantel und eine große, schwarze Lacktasche trug. Das große, graue Haus, das Hauptquartier der Gestapo, und das hallende Stiefelgetrampel der SS-Männer, wenn sie die breiten Marmortreppen hinauf- und hinunterliefen, erschreckten sie jedoch, alles erinnerte allzusehr an die Höhle des Drachen. Mutter und Tochter suchten in den langen Korridoren ihren Weg bis zu dem Zimmer Nr. soundso. Doch kaum hatten sie das Zimmer betreten, schwand die Furcht des Mädchens dahin, der Beamte, der sie bestellt hatte, trug keine Uniform, es war ein kleiner, magerer Mann mit dünnem Schnurrbart und Brille. Höflich bot er der Mutter einen Stuhl an, das Mädchen jedoch mußte stehen, während er erklärte, worum es ging. Ja, die Sache sei die, daß das Mädchen ja einen gültigen spanischen Paß nebst Einreisevisum habe, dagegen lasse sich von deutscher Seite nichts einwenden, er war nahe daran, »leider« zu sagen, merkte aber, daß es überflüssig war. Doch nun sei es so, daß auch ein deutsches Ausreisevisum nötig sei, und ein Ausreisevisum werde es sicherlich nicht geben. »Wie ich sehe, tragen Sie keinen Judenstern«, sagte er zu dem Mädchen gewandt. Noch war es keine Anklage, nur eine Feststellung. Das Mädchen notierte mit großer Genugtuung, daß er die Anrede »Sie« verwendet hatte; es war das erstemal, daß man sie siezte, offensichtlich galt sie also als erwachsen. Trotzdem war es die Mutter, die erklärte, man habe ihr auf der spanischen Botschaft versichert, daß das Mädchen als spanische Staatsbürgerin nicht unter die deutschen Rassengesetze falle und somit auch nicht gezwungen werden könne, den Judenstern zu tragen, insbesondere auch deshalb nicht, weil sie als Katholikin geboren sei. »Das mag ja sein«, erwiderte der Beamte langmütig, »aber«, und wieder wandte er sich direkt an das Mädchen, »wir haben hier ein Dokument ausgefertigt, das wir Sie zu unterzeichnen bitten.« Das Dokument entpuppte sich als eine im Namen des Mädchens ausgestellte Erklärung, daß sie die doppelte Staatsangehörigkeit akzeptiere, somit die deutsche neben der spanischen behalte, und sich ferner den deutschen Gesetzen einschließlich der Rassengesetze nebst Anwendung auf ihre Person freiwillig füge. Dies schließe das Tragen des Judensterns und einen eventuellen künftigen »Abtransport« in den Osten ein.

Unsicher sah die Tochter die Mutter an, und ihr Blick traf auf eine weiße Maske, worin der allzu rote Mund wie eine Wunde glühte. Von der Mutter war im Augenblick keine Unterstützung zu erwarten, das wurde dem Mädchen sofort klar. Große Angst überkam sie, doch wie immer kam ihr der Trotz zu Hilfe. O nein, so leicht würde das nicht gehen, nein, nicht wieder den Judenstern, »Abtransport in den Osten« klang zwar auch nicht gut, aber mit dem Judenstern hatte sie Erfahrung. Das Mädchen entschloß sich, »die kesse Berlinerin« zu spielen, eine Rolle, die sie schon früher mit Erfolg kreiert hatte. »Ich bitte darum, meine Botschaft anrufen zu dürfen«, teilte sie dem Beamten mit und fand, es klinge erwachsen und beeindruckend, schließlich hatte er sie ja gesiezt. Hinter den Brillengläsern blitzte es auf, und der Schnurrbart zuckte wie von unterdrücktem Lachen: »Bitteschön, mein Fräulein, hier ist das Telefon!« Entgegenkommend hob er ihr den Apparat hinüber, und sie hatte schon die Hand auf den Hörer gelegt, als er fortfuhr, und jetzt spie der Drache Feuer: »Aber«, und dies klang wie ein Peitschenhieb, »aber wenn Sie nicht auf der Stelle unterzeichnen, dann müssen wir Ihre Mutter belangen!« Er erklärte dem Mädchen, die Mutter habe die spanische Adoption der Tochter arrangiert, um die deutschen Gesetze zu umgehen und sich ihnen zu entziehen, was als ernstes Vergehen betrachtet werden könne, als Landesverrat, Hochverrat und etwas Drittes, woran das Mädchen sich später nicht mehr erinnerte. Falls das Mädchen jedoch jetzt unterzeichne, sei ja noch kein Schaden geschehen, dann ließe sich bei dem Fehltritt der Mutter Nachsicht üben. »Und«, fügte er sicherheitshalber hinzu, »Sie sind sich ja wohl der Tatsache bewußt, daß Ihre Mutter Halbjüdin ist.«

Wieder sah das Mädchen die Mutter an und begegnete dem Blick der schönen, braunen Augen, Augen, die vor Intensität strahlen, das Mädchen verzaubern konnten, die aber jetzt randvoll waren von stummem, hilflosem Schmerz. Niemand sagte etwas, nichts brauchte gesagt zu werden, es gab keine Wahl, hatte nie eine gegeben, sie war Cordelia, die ihr Treuegelöbnis hielt, sie war auch Proserpina, sie war die Auserwählte, und nie hatte sie dem Herzen ihrer Mutter nähergestanden. Die Kehle schnürte sich ihr zu, aber schließlich brachte sie es heraus: »Ja, ich unterschreibe.«

Der Drache, jetzt satt und zufrieden, wurde wieder zu einem fast freundlichen Beamten und gab zum Abschied die Auskunft: »Und jetzt können Sie ins Zimmer gegenüber gehen und sich dort einen neuen Judenstern abholen, er kostet 50 Pfennig.«

22

Als sie sie dann eines Morgens abholen kamen, hätte sie, wenn schon nicht einverstanden, so doch bereit sein müssen. Trotzdem weinte das Mädchen, hatte Angst, wollte nicht.

Die jungen Halbjuden, die sich Zeit kauften und hofften, sich ihr Leben erkaufen zu können, indem sie die grobe Arbeit für die Gestapo verrichteten, gingen mit dem Mädchen behutsam um. Gewöhnlich zerrten sie die Leute aus den Betten, traten sie, schlugen und brüllten – aus Verzweiflung oder weil sie sich mit den Henkern identifizierten. Mit dem Mädchen war es anders. Sie war ihnen bekannt, sie war zwar nicht eine von ihnen, jedoch ein Teil ihres Lebens, die verlorene Unschuld, die sie zu hüten und zu schützen versuchten – solange dies möglich war. Man behandelte sie wie die kleine Schwester, und das Mädchen, das immer die große Schwester gewesen war, fühlte sich wohl in der Rolle. Sie lebte jetzt schon ein paar

Monate lang mit ihnen im Jüdischen Krankenhaus in der Oranienburger Straße zusammen, und mit einigen von ihnen teilte sie das Bett. Ganz gewiß nicht aus Lust, denn noch war die Vierzehnjährige im Dornröschenschlaf der Sexualität versunken, und kein Prinz hatte sie mit seinem Kuß aus den Träumen und Phantasien geweckt. Sie war »spät«, hatte kaum eine Andeutung von Brüsten und noch keine Menstruation.

Was sonst lockte das Mädchen? War es die Nähe zur Macht der Herrscher, der Sieger, die Nähe, die mit Mittäterschaft im Dunkeln, der Verdammung und der Katastrophe bezahlt werden mußte? War es die Befreiung im Sturz, die den Sog hervorrief, sich fallenzulassen, Hand in Hand? Aber tapfere, kleine Zinnsoldaten fallen stets ins Feuer, ist es nicht so?

Aus irgendeinem Grund waren alle diese jungen Männer aus Köln, und der ausgeprägte Kölner Dialekt entzückte das Mädchen mit seiner Mischung aus Brutalität und spielerischer Zärtlichkeit. Die Brüder Hans und Heinz, beide wurden die Bettgenossen des Mädchens. Wie verschieden sie waren! Hans war groß, dunkel und gutaussehend wie ein Dienstmädchen-Casanova, ein Desperado mit einem Madonnenmedaillon um den Hals (alle Burschen waren getaufte Halbjuden). Hans war der Liebhaber der blonden Greta, und Greta ihrerseits erkaufte sich Zeit, indem sie Dr. Lustigs Bett teilte. Greta war Oberschwester in der Kinderabteilung, und Dr. Lustig tat Dienst als Chef des Krankenhauses und war, so behauptete man, Handlanger der Gestapo. Wenn Greta spät nachts aus Dr. Lustigs Bett wiederkehrte, zeigte sie stolz, aber auch angewidert, ihre blauen Stellen und Knutschflecken vor; stolz, weil jeder blaue Fleck das Zeichen für einen gewonnenen Sieg im schonungslosen Kampf des Überlebens war, dem Kampf, der zwischen ihr und einer anderen Krankenschwester ausgetragen wurde, die mit Greta um Dr. Lustigs Gunst buhlte. Er hatte ihnen zu verstehen gegeben, daß nur eine von beiden um den Abtransport herumkäme – es wurde schließlich Greta. Ihren Ekel trällerte Greta mit deutschen Schlagern fort, »So einen Mann vergißt man nicht, und andere küßt man nicht«. Sie träumte, tröstete, sang und schwatzte ihre Erniedrigung fort mit der Erinnerung und der Erzählung von der großen Liebe ihres Lebens, einem jungen jüdischen Arzt, der rechtzeitig nach Amerika emigriert war . . . und andere küßt man nicht.

Das Mädchen beobachtete, nahm teil und fühlte sich außerhalb. Sie wußte, daß sie das Eichkatznest für immer verlassen hatte, aber in der Welt des Jüdischen Krankenhauses gab es keinen Platz für sie, auch hier hatte sie kein Heimatrecht. Man behandelte sie freundlich, manchmal wie ein Maskottchen oder einen Talisman, aber sie gehörte nicht hierher, sie gehörte nirgendwohin. Ihr Versuch, über das Bett von Hans in die Welt der Verurteilten und Verdammten einzudringen, scheiterte kläglich. Ein paar Tage zuvor war Hans durch Messerstiche verletzt worden. Es war einer der Juden gewesen, die er abholen sollte, ein Mann, der sich entschlossen hatte, um sein Leben zu kämpfen. Hans übermannte und tötete ihn. In der Nacht, als das Mädchen zu seinem Bett kam, litt er durch die Schnittwunden starke Schmerzen, und nach einem halbherzigen, mißglückten Versuch gab er auf und lachte gutmütig und erleichtert: »Nein, mein Mädchen, es ist vielleicht Gottes Finger, es soll wohl nicht sein.«

Mit seinem Bruder Heinz wurde es jedenfalls etwas.

Der schmächtige, rothaarige Heinz war rührselig bis zu Tränenergüssen und litt schwer an Gewissensqualen. Das Mädchen tröstete, so gut sie es vermochte, hatte aber nur ihren Körper zu bieten. Insgeheim verachtete sie den weinerlichen Heinz und bewunderte den gefallenen Engel Hans.

Das Jüdische Krankenhaus in Berlin, der Vorhof der Hölle. Hier hatte die Gestapo die Überbleibsel der Berliner Juden zusammengekehrt, die man aus irgendwelchen Gründen noch schonte: Juden, die eine ausländische Staatsangehörigkeit hatten, Halbjuden, die noch nicht als Mischlinge ersten oder zweiten Grades »katalogisiert« worden waren, Menschen, die im Ausland bekannt und berühmt waren, Männer, die im Ersten Weltkrieg eine hohe Auszeichnung erhalten hatten. Hier gab es aber auch ein paar physisch oder psychisch Kranke, die Frau in der geschlossenen Abteilung im ersten Stock, deren Pfauenschreie täglich ohne Unterlaß über den Hof hallten, und das Zwillingspaar Lea und Rea, die in der Kinderabteilung mit ihren Fingern still am Gitterbettchen spielten. Die Kleinen waren ungefähr ein Jahr alt, aber so falsch- und unterernährt, daß sie kaum sitzen konnten. Es gehörte zu den Aufgaben des Mädchens, sie mit einem Brei aus alten Brotrinden zu füttern, und manchmal, wenn auch nicht oft, lächelte Lea oder Rea sie an. Dann dachte das Mädchen flüchtig an die kleinen Schwestern zu Hause im Eichkatznest. Die Zwillinge waren zu einem Zeitpunkt geboren, da alle jüdischen Kinder jüdische Namen tragen mußten, und die bereits geborenen Juden hatten ihren Namen Sara beziehungsweise Israel hinzuzufügen. Cordelia Maria Sara – jemand hatte gesagt, Sara bedeute Königin, doch das Mädchen fühlte keinen Stolz.

Die Gestapo, die SS und ihre Handlanger hatten täglich etwas mit Dr. Lustig oder im Krankenhaus zu erledigen. Unter ihnen befand sich eine schöne, junge jüdische Frau, die von allen mit liebedienerischer Unterwürfigkeit behandelt wurde, weil man wußte, daß Bespitzeln ihre Aufgabe und ihr Lebensunterhalt war. Sie spürte versteckte, untergetauchte Juden auf und lieferte sie der Gestapo aus. Eines Tages zerbrach die elegante, selbstsichere Maske der jungen Frau, sie wollte erklären, sie flehte um Verständnis, vielleicht sogar um Vergebung. Weinend erzählte sie, daß das Denunzieren der Preis dafür sei, daß man ihre alten Eltern verschonte. Das Bekenntnis war überflüssig und nutzlos; im Jüdischen Krankenhaus in Berlin galten Begriffe wie Schuld und Sühne nicht, sie hatten Inhalt und Bedeutung verloren, aber vielleicht, dachte das Mädchen, gab es doch noch Gnade. Ja, Gnade gab es gewiß, mußte es geben, glaubte sie, und wo sonst sollte es sie geben, wenn nicht hier?

Währenddessen galt es zu leben und zu überleben, um jeden Preis. Alle schliefen mit allen, die Arzneischränke leerten sich schnell, der noch vorhandene Vorrat an Narkotika schwand dahin, man betrieb einen blühenden Schwarzhandel mit Zigaretten; Gerüchte und Klatsch pflanzten sich ungehemmt durch »den jüdischen Mundfunk« fort. Und man lebte, überlebte bis zum nächsten Abtransport und nächsten . . . Es bedurfte keines Menetekels an der Wand, die tägliche Mahnung war ohnehin da, in Fleisch und Blut und Stein und Beton. Die schwarzen Uniformen der SS und die Trenchcoats der Gestapo waren ein vertrauter, stets aufs neue grauenerweckender Anblick – gilt es nächstesmal mir? –, und eines der Klinikgebäude wurde als Sammelplatz für die Juden benutzt, die

»abgeholt« worden waren und mit dem nächsten Transport fahren sollten.

Jetzt war also das Mädchen an der Reihe. Hans und Heinz, die beiden waren es, die sie abholten, sie behutsam, aber entschieden die Treppen von der Kinderabteilung zur geschlossenen Abteilung hinaufführten, wo die Geisteskranken nebst einigen anderen, die abtransportiert werden sollten, vorläufig untergebracht waren. Das Mädchen stand am vergitterten Fenster des kleinen Raumes, in den man sie eingeschlossen hatte, und rief und weinte. Jemand solle ihre Eltern benachrichtigen, bat sie, sie wolle ihnen Lebewohl sagen. Die Eltern kamen am Abend, als das Mädchen schon in das Gebäude gebracht worden war, von wo ein paar Stunden später der Abtransport erfolgen sollte. Da hatte sie schon aufgehört zu weinen. Die Mutter schenkte ihr zum Abschied ein antikes, silbernes Kreuzchen, das das Mädchen in die Schulterwatte ihres Mantels einnähte. Beide, Stiefvater und Mutter, zeichneten mit dem Daumen das Kreuz auf ihre Stirn. Um sie zu schützen und zu bewahren – in diesem Leben oder im nächsten? Das Zeichen des Opfers oder der Erlösung? Das Mädchen wußte es nicht, aber waren Opfer und Erlösung nicht unauflöslich miteinander verbunden, umeinandergeschlungen wie Zwillinge im Mutterleib, vermischt wie Wasser und Wein des Sakraments, wie die Liebe und der Schmerz, das Leben und der Tod? Doch eins wußte das Mädchen: jetzt gab es keine Wiederkehr mehr, jetzt war sie für immer abgesondert, ausgesondert und abseits, nicht beiseite gestellt, sondern auserwählt worden. Dies wollte sie glauben.

War so den Heiligen und Märtyrern zumute, wenn sie singend den Scheiterhaufen bestiegen? Aber was fingen sie mit ihrer zitternden Furcht an, ihrer würgenden Angst, ihrer Einsamkeit und dem hilflosen Weinen? Sie machten es wohl so wie das Mädchen – sie schluckten das, was geschluckt werden mußte, um dem Sinnlosen Sinn zu verleihen. Sie lernten die Unterwerfung zu einer bewußten Handlung zu machen, sich nicht zu ergeben und widerstandlos in ihr Schicksal zu fügen, sondern es in die Hand zu nehmen, es zu dem ihren zu machen. Es sollte später nicht heißen: »Weinend wurde sie aus den Armen ihrer Mutter gerissen und nach Theresienstadt gebracht.« Nein, statt dessen sollte man einmal sagen: »Dies war Cordelia Maria Saras Schicksal, und sie hatte die Kraft, es zu tragen. Allein.« Ja, etwa so wollte es das Mädchen haben.

Hatte die Mutter dies erkannt, als sie in einem Brief an eine Freundin über den Abschied von der Tochter berichtete? Ja, diesen Teil sah die Mutter, denn sie sah das, was sie zu sehen vermochte und ertrug. Die Furcht, der Angstschweiß und das einsame, unterdrückte Weinen – Mutter, warum hast du mich verlassen! –, die die Tochter durch das Leben begleiteten, sie suchten die Mutter nur des Nachts in wehrlosen Alpträumen heim. In dem Brief schrieb sie: »Wir fanden sie völlig gefaßt, ja sogar heiter und zuversichtlich, denn erstens war es ja wirklich nur Theresienstadt und nicht Polen, und zweitens fuhr sie im Zug als begleitendes Pflegepersonal mit, sie hatte sich um zwei Kinder und einen Säugling zu kümmern und trug bereits Schwesterntracht und ein Häubchen, was sie, glaube ich, mit großem Stolz erfüllte.«

23

Marek und Halinka – vor allem Halinka. Die ersten Menschen, die das Mädchen wahrnahm und, was Halinka betraf, vielleicht liebte, als sie aus dem großen Dunkel, das sie zu verschlingen drohte, wiederauftauchte. Marek und Halinka, die das Mädchen entdeckten, sahen und bestätigten, ihr die Kraft und den Willen gaben, zu leben und zu atmen, tauten ihr die steifgefrorene Seele und das Herz auf und gaben ihr ein menschliches Gesicht.

Von der Zugfahrt nach Theresienstadt blieb dem Mädchen später nur die Erinnerung an das Leiden in dem bleichen, bärtigen Gesicht des kranken Mannes. Er lag auf dem Boden (waren es damals schon Viehwagen oder noch gewöhnliche Züge?), und er und sein Katheter waren der verstörten und linkischen Pflege des Mädchens anvertraut worden.

Die Dunkelheit der Ankunft wird von dem grellen Licht der Bogenlampen durchschnitten. SS-Offiziere brüllen ihre Befehle: Alles Geld und alle Wertgegenstände seien unmittelbar abzuliefern, jede Übertretung werde streng bestraft. Das Mädchen bekommt große Angst. Als sie in der Schlange an der Reihe ist, dort vor den langen Tischen, wo weibliche Häftlinge das Gepäck der Neuankommenden durchsuchen und Leibesvisitationen vornehmen, reicht sie ihnen gehorsam ihr verstecktes, silbernes Kreuz. Zu ihrer Überraschung darf sie es behalten, vielleicht war es ja nur versilbert, jedenfalls hat das Mädchen jetzt ein reines Gewissen. Ohne Zögern gibt sie ihre große Handtasche ab, die Frau am Tisch schneidet mit gewohntem Griff das Futter auf, und aus einem Versteck zwischen Futter und Leder zieht sie zur unverstellten und entsetzten Verblüffung des Mädchens mehrere Bündel von Hundertmarkscheinen sowie ein paar dichtbeschriebene Papierbogen hervor. Die Frau ruft nach einem SS-Mann, der den sofortigen Abtransport des Mädchens in das Gefängnis von Theresienstadt anordnet. Wahrscheinlich ist es dieser Augenblick, wo das Dunkel das Mädchen verschlingt.

Sie ist nicht nur krank aus Furcht vor der unbekannten Strafe, die unausweichlich kommen muß, nein, die Strafe ist auch nicht ganz unverdient, das weiß sie. Es ist wahr, sie hatte nicht die geringste Ahnung von dem Geld und den Papieren in der Handtasche, wahr ist aber auch, daß sie diese Tasche auf dem Dachboden des Jüdischen Krankenhauses unerlaubterweise an sich genommen hat. Das Personal des Krankenhauses pflegte den Dachboden, wo die zurückgelassene Habe verstorbener oder verschwundener Patienten aufbewahrt wurde, hin und wieder zu durchsuchen, irgend etwas, das sich gebrauchen ließ, fand man immer. Das Mädchen hatte diese Tasche und ihr erstes Paar hochhackiger Schuhe an sich genommen. Die Handtasche, so hatte ihr jemand erzählt, habe einer Frau gehört, die abtransportiert werden sollte, in letzter Minute jedoch einen Selbstmordversuch gemacht habe und im Jüdischen Krankenhaus gestorben sei. Natürlich wußte das Mädchen, daß es eigentlich verboten war, Dinge vom Dachboden an sich zu nehmen. Die Strafe war – wieder einmal – zumindest teilweise wohlverdient, sie hatte sich vergangen, es war ihre Schuld, ihr Fehler.

Nachdem sie in vielen, langen Verhören ihre Geschichte dem traurigen, freundlichen, alten jüdischen Mann erzählt hatte, der in Theresienstadt als Untersuchungsrichter tätig war, glaubte man ihr schließlich. Man hatte sogar Beweise für ihre Unschuld gefunden: die Tasche war ursprünglich mit Initialen aus Metall versehen gewesen, die das Mädchen aber, da sie nicht mit ihrem eigenen Namen übereinstimmten, abgetrennt hatte, doch die Abdrücke waren noch im Leder vorhanden. Die Papiere entpuppten sich als Listen über Pelze, Haushaltsgegenstände und andere während eines ganzen Lebens gesammelte Besitztümer, und diese Listen waren mit denselben Initialen unterzeichnet.

Das Mädchen wurde aus dem Gefängnis entlassen und in eine alte Kaserne eingewiesen, die für elternlose Kinder und Jugendliche bestimmt war. Hier wurde sie sofort schwer krank, wahrscheinlich war es eine Lungenentzündung, und sank tiefer hinab in das Dunkel. Doch jetzt schreckte es sie nicht mehr, eher benutzte sie es als schützende Tarnkappe, die sie verhüllte und wärmte und deren dichtes Gewebe die quälenden Geräusche und Anblicke der Umwelt nicht durchließen.

Aber das Mädchen durfte nicht in ihrem schützenden Kokon bleiben. Ganz buchstäblich schnitt man ihr die Tarnkappe entzwei. Man entdeckte, daß sie Kopfläuse hatte, vielleicht hatte sie sie im Gefängnis bekommen, vielleicht schon im Jüdischen Krankenhaus in Berlin, wie auch immer gereichte ihr ihre Unsauberkeit zu großer Schmach und Schande. Dank der Bemühungen des jüdischen Lagerpersonals gab es zu der Zeit in Theresienstadt kaum noch Ungeziefer, das dort Krankheit und Tod verbreitet hätte.

Dem Mädchen wurden die Haare abgeschnitten, und wochenlang kam eine Krankenschwester, die sie mit dem Läusekamm kämmte und kontrollierte, ob sich noch eine Nisse auf dem Kopf des Mädchens versteckt hatte. Wie sie sich schämte, wenn sie am Barackenfenster auf einem Hocker saß und unter den neugierigen und verächtlichen Blicken der anderen die erniedrigende Prozedur durchleiden mußte! Die anderen mieden sie, so schien es ihr, keine wollte sich wohl bei ihr Läuse holen. Das Aussatzmal in anderer Form.

Doch dann kam Halinka, kam und zog das Mädchen aus dem Dunkel hinaus in den Reigen der Kinder und Jugendlichen, die, die Hände auf den Schultern der anderen, eine wilde, trotzige, sehnsuchtsvolle Horra tanzten – den Volkstanz, den ihre Brüder und Schwestern dort in der Ferne unter dem wolkenlosen Himmel der Freiheit tanzten. Dort im fernen Palästina, wo »David, König von Israel« in ihrer Mitte tanzte und jede kleine Sara zu einer Königin wurde.

Halinka gehörte schon früher in Prag einer zionistischen Jugendbewegung an und wurde hier in Theresienstadt Leiterin einer Gruppe von Mädchen im Kinderblock. Ihnen brachte sie das hebräische Alphabet und Lieder und Tänze bei und sprach mit Zuversicht von dem Tag, da sie die Möglichkeit erhalten würden, »unser Land« zu bauen. Das Mädchen begriff von all dem nicht sehr viel und erinnerte sich später an noch weniger, doch das Gefühl der Zugehörigkeit, Mitglied einer Gruppe zu sein, war neu, überwältigend und wunderbar. Halinka öffnete eine Tür, die das Mädchen für endgültig geschlossen gehalten hatte.

Sie erinnerte sich daran, wie sie frierend und sehnsüchtig – gleich dem Mädchen mit den Zündhölzchen – das letztemal vor dieser Tür gestanden hatte, anzuklopfen hatte sie nicht gewagt. Sie muß zehn, elf Jahre alt gewesen sein, hatte schweren Scharlach und war ins Krankenhaus gebracht worden. Aufgrund der waltenden Umstände war es das Jüdische Krankenhaus in Berlin, wo sie mit einem etwas älteren Mädchen zusammen lag, das der zionistischen Jugendbewegung angehörte. Die Kameradinnen der jungen Pionierin kamen oft zu Besuch und sprachen mit ihr durch das Fenster, sie lachten und scherzten, und zwischendurch diskutierten sie offenbar tiefernste Dinge, wobei sie sich hin und wieder einer Geheimsprache bedienten. Es waren hebräische Wörter, mit denen sie stolz ihren Berliner Dialekt spickten, doch das wußte das Mädchen natürlich nicht. Sie fühlte sich nur sehr einsam, ausgeschlossen und außerhalb, eine, die nicht dabeisein durfte und nicht dazugehörte – wie später, als sie nicht in den BDM eintreten durfte.

In Theresienstadt durfte sie dabeisein. Anfangs betrachteten die anderen Mädchen sie mit einem gewissen Mißtrauen, und das nicht nur wegen der Läuse. Das Mädchen hatte nämlich kein Geheimnis daraus gemacht, daß sie eigentlich nicht eine von ihnen war, nicht zu ihnen gehörte, als Deutsche und Katholikin befand sie sich nur »aus Versehen« unter den jüdischen Mädchen, wie die Prinzessin unter den Trollen. Trotzdem wollte sie ja dabeisein, aber nur unter ihren eigenen Bedingungen. Halinka sah über diese widersprüchlichen Botschaften und Signale hinweg und kümmerte sich gar nicht darum, sie sah ein einsames und verlassenes Kind und zog es in den Kreis der anderen. Sie gewährte dem Mädchen sogar besondere Vergünstigungen: das Mädchen durfte Halinka ein paarmal »nach Hause« begleiten. Das »Zuhause« war ein enger, kleiner Verschlag auf einem Dachboden, wo Halinka und Marek sich eingerichtet hatten. Eine Oase, wo die Wüste blühte, nur für die beiden, aber das Mädchen durfte auf Besuch kommen. Sie durfte den magischen Kreis überschreiten, den die beiden um ihre Liebe gezogen hatten, durfte in ein warmes Licht steigen, wo Halinka viel und lange über das Wunderbare sprach, das ihr geschehen war – Marek. Sie waren beide aus Prag, hatten sich aber erst hier in Theresienstadt kennengelernt, die zweiundzwanzigjährige Halinka war etwas älter als Marek und hatte »eine Vergangenheit«, die ihr manchmal Kummer bereitete, sie hätte so gern gesehen, daß Marek »der erste« gewesen wäre. Diese Sehnsucht nach unbefleckter Reinheit konnte das Mädchen gut verstehen. Halinka tröstete sich mit einem Vers, den sie in geschnörkelten, verzierten Buchstaben Marek anvertraut hatte:

Du bist nicht mein Erster
Du mußt schon verzeihn
Aber mein Letzter
Der könntest du sein!

Wurde Marek »der letzte« für Halinka? Wahrscheinlich. Wenn auch nicht in der Art, wie sie es sich gedacht hatte, nicht als der Mann, mit dem sie Kinder bekommen, mit dem sie altern und den sie während eines langen, von gemeinsamen Erinnerungen erfüllten Lebens hegen und pflegen würde. Am liebsten natürlich in Palästina.

Ein paar Monate nach ihrer Ankunft in Auschwitz hörte das Mädchen, daß gerade ein neuer Transport aus Theresienstadt eingetroffen sei. Das Mädchen machte sich auf die Suche, vielleicht gab es unter den Neuankommenden ein bekanntes Gesicht. Auf dem Zementboden der leeren Baracke, derselben Baracke, die für die internen Selektionen benutzt wurde und deshalb keine Pritschen hatte, unter den Frauen, die sich zu einem dichten Haufen zusammengekauert hatten, fand sie die weinende und frierende Halinka.

Eigentlich sei es Marek gewesen, der zum Abtransport bestimmt gewesen sei, erzählte Halinka schluchzend, daraufhin habe sie sich freiwillig gemeldet, um mit ihm zusammenzusein. Bei der Ankunft habe man sie getrennt, und sie wisse nicht, was mit ihrem mageren, schmächtig gebauten Marek geschehen sei.

Am Abend schlich sich das Mädchen mit einem warmen Pullover und einer Schüssel Suppe zu Halinka in die Baracke zurück. (Später im Leben sollte sie hoffen, daß ihr dies vielleicht gutgeschrieben werde, genau wie der hartherzigen, geizigen russischen Bäuerin die Zwiebel, die eine Zwiebel, die sie einem Hungernden geschenkt hatte und an deren Stengel sie aus der Hölle gezogen wurde.)

Am nächsten Morgen war die Baracke leer, reingefegt, als sei nie jemand dort gewesen. Mareks und Halinkas Spuren endeten hier.

24

Mengele und Mandel, Mandel und Mengele, die blonde Lagerführerin Maria Mandel in Auschwitz-Birkenau und der dunkelhaarige Dr. Mengele, der die Selektionen durchführte. Der König und die Königin in dem Totenreich, wohin man das Mädchen gebracht hatte. Warum? Sie begriff es nie, fragte auch kaum danach. Jemand hatte sie gerufen, jemand hatte sie ausgesandt, diesem Ruf zu folgen und zu gehorchen. Wer sandte Proserpina aus, dem Herrscher der Unterwelt zu dienen? Denn so erlebte das

Mädchen es wohl, sie war weder Henker noch Opfer, sie war ausgesandt zu dienen, gebraucht und verbraucht zu werden. Abgenutzt und blank zu werden wie eine Kupfermünze, die dunkel das widerspiegelt, was nicht gesagt werden kann.

Wie im grauen Nebel bewegte sich das Mädchen zwischen den grauen Gesichtern der Häftlinge, ihren grauen Lumpen, der grauen Wassersuppe und dem grauen Brot. Eine graue Stummheit, die sie mit ihren grauen, harten Fingern erwürgt hätte, wenn es nicht die leuchtende Schwärze der Herrschenden gegeben hätte. Mengeles schwarze, makellose Uniform und seine glänzenden, schwarzen Stiefel, ein einziger Tritt gegen das dünne, blaue Adernetz der Schläfe konnte einen Menschen töten. Das Mädchen wußte es.

Hier verstummten auch das Gedicht, das Märchen und das Lied (auch wenn sie zu ihr zurückkehren, ihr wiedergeschenkt werden sollten, später). Bis an den Rand war das Mädchen angefüllt von der grauen Leere. Nichts. Niemand, nicht Mensch und nicht Ding, nicht Leben und noch nicht Tod. Nicht Schuld und nicht Glaube, Hoffnung und Liebe, am allerwenigsten Liebe. Worte, die wie schwere, tote Steine in das unermeßliche, bodenlose Nichts fielen. Nicht Haß und nicht Zorn. Wen sollte man hassen und worüber sollte man zornig werden in diesem leeren Niemandsland? Nicht einmal der Schmerz kann im grauen Nebel des Nichts Fuß fassen, der Schmerz kann nur Wurzel schlagen im Land der Menschen, getränkt werden von menschlichen Tränen.

Doch noch konnte das Mädchen die Zeichen und Gesten des Zorns, des Schmerzes und – ja, auch die der Liebe bei anderen erkennen und deuten.

Als die letzten Züge in Auschwitz-Birkenau eintrafen, waren die Frauen der Schreibstube an ihrem Platz und im Dienst. Es waren ihre Mütter, Väter und Geschwister, die jetzt, im letzten Jahr des Krieges, kamen. Die Frauen der Schreibstube wurden zerfressen und gewürgt von ihrer rasenden Wut, die hinuntergeschluckt und verleugnet werden mußte. »Jawohl, Herr Obersturmbannführer.« »Jawohl, Frau Lagerführerin.« Zu Beginn des Krieges hatten sich diese Frauen freiwillig zu einem »Arbeitstransport« gemeldet, als Gegenleistung hatte man ihnen versprochen, ihre Familien zu verschonen. Dieses Versprechen war nun gebrochen worden, ihr Opfer war vergeblich gewesen und ihr Überleben sinnlos. Jeder Verrat, jede Grausamkeit und jede Schändlichkeit, die sie im Namen des Überlebens und der Wiedervereinigung begangen hatten, grinsten ihnen jetzt höhnisch ins Gesicht. Wenn sie einen Säugling brutal aus den Armen einer Schwester gerissen, ein anderes Kind von der Hand des Bruders gezerrt und die Kinder der Großmutter übergeben hatten, wenn sie brüllten, knufften und die jungen Frauen manchmal in die Reihe nach vorn, bis hin zu Mengele prügelten, trieb sie dann ihr Haß oder ihre Liebe? Wußten sie es selber? Oder wußten sie nur, daß sie nahe daran waren, an den Worten zu ersticken, die sie in einem Schrei, lang wie die Eisenbahnschienen und hoch wie die Krematoriumsschornsteine, hätten hinausbrüllen wollen: »Gib das Kind der Mutter! Sie wird sowieso verbrannt! Du, meine Schwester, bist jung, ohne ein Kind auf dem Arm oder an der Hand hast du eine Chance zu überleben. Zu leben! Wie ich! Bezahl deinen Preis und lebe! Wie ich.«

Doch das durfte nicht gesagt werden. Nur ein paar hastige Worte über Kinder und Alte, die in ein anderes

Lager kommen würden, ein Lager mit leichterer Arbeit und besserem Essen. Am besten so für die Kinder ... der Kinder wegen ... und noch im letzten Kriegsjahr glaubte man ihnen. Und dann zu Mengele: »Herr Obersturmbannführer, meine Schwester ... meine Cousine ... kinderlos ...«

Hinterher, wenn die junge Mutter hinter dem Lagertor, »Arbeit macht frei«, in Sicherheit war, wenn ihr keiner mehr die Wahrheit verheimlichen konnte, wollte oder es vermochte, zeigte sie keine Anzeichen von Dankbarkeit dafür, daß ihr dieses Leben, für das sie keine Verwendung mehr hatte, gerettet worden war. Manchmal geschah es, daß sich eine dieser Frauen nachts hinausschlich und gegen die elektrische Hochspannung des Stacheldrahts warf, um so mit dem Kind wiedervereint zu werden, das sie nicht das letzte Stück Weges hatte begleiten dürfen.

25

Das Mädchen sah und registrierte, stumm, ohne Zorn, Schmerz oder Verwunderung. Es berührte sie nicht. Es drang nicht in sie ein, es gab da keinen Platz, sie war erfüllt von dem großen, grauen Nichts. Manchmal fragte sie sich vage, wer sie ausgesandt hatte, hier im Totenreich zu dienen – doch im Grunde wußte sie es. Es war ja so offenkundig.

Nach der Ankunft in Auschwitz, nachdem sie mit der Nummer tätowiert worden waren, die künftig ihren Namen ersetzte, »Schutzhäftling A 3709 meldet sich zur Stelle«, wurde ihnen all ihre Habe weggenommen. Aus irgendeinem Grunde kam der Transport des Mädchens »unsortiert« ins Lager. Die Selektion wurde später vorgenommen. Das Handgepäck, Handtaschen und anderes, wurde im Zimmer der Blockführerin abgegeben, nur die Kleidung auf dem Leib durfte man behalten. Am Morgen, als die Häftlinge zu ihrem ersten Appell hinausgetrieben wurden, waren alle Kennzeichen ihrer früheren Existenz verschwunden, doch auf dem reingefegten Fußboden der Baracke entdeckte das Mädchen ein Stück Papier. Mechanisch bückte sie sich, nahm es auf und drehte es um. Es war das Bild ihrer Mutter, die Fotografie der Mutter, die das Mädchen bis hierher begleitet hatte. Ihre schöne Mutter, die sie mit einem Blick voll hilfloser Liebe und Schmerz ansah. Da weinte das Mädchen, wie sie noch nie geweint hatte und nie wieder weinen sollte; nicht so.

26

Während die Tage und Nächte vergingen, wurde der Leichenhaufen an der Längsseite der Baracke morgens ständig größer. Die Frauen, die nach dem Abendappell gestorben waren, wurden nackt an die Wand gelegt, um beim Morgenappell mitgezählt zu werden. Jetzt wußte das Mädchen auch, was der eigentümliche, süßlich-stickige Geruch, der über dem Lager lag, bedeutete. »Wie geräucherte Wurst«, hatte sie bei der Ankunft zu jemandem gesagt; jetzt wußte sie auch, was »die Fabrikschornsteine« waren.

Gleich am Tage nach der Ankunft hatten die anderen Häftlinge die Neuangekommenen aufgeklärt, und zwar mit einer bitteren und verzweifelten Schadenfreude denen gegenüber, die bisher verschont geblieben waren. Ach so, ihr habt geglaubt, ihr kommt in ein Arbeitslager? Das da erwartet euch – nach der Selektion.

Doch vor der Selektion kam die Leibesvisitation. Die Frauen mußten sich nackt ausziehen, alles, was noch in den Sachen versteckt gewesen war, mußte abgegeben werden. Das Mädchen warf die Fotografie der Mutter auf den Haufen. Mandels stellvertretende Lagerführerin schlug mit ihrer Peitsche wild auf die nackten Frauenleiber ein, für den Fall, jemand könne auf den Gedanken kommen, etwas zu verstecken, und dazu die wie Peitschenhiebe schneidende Lagersprache: Los, los, schneller, Mistbienen!

Man trieb die Frauen in eine Baracke, wo sie sich, eine nach der anderen, zur Untersuchung auf den Tisch legen mußten. Die Lagerärztin, ein Häftling, steckte die Finger in die Vagina und den Mastdarm, um nach Embryos und Wertgegenständen zu suchen, beides bedeutete den Tod. Mandel selber stand nur daneben und überwachte alles.

In der Schlange vor dem Mädchen stand eine ungewöhnlich schöne junge Frau, die Ärztin wechselte während ihrer Untersuchung ein paar Worte mit Mandel, und als die junge Frau vom Tisch kletterte, klopfte Mandel ihr leutselig auf die Schulter: »Sieh an, du bist noch unschuldig. Fein, sehr schön.«

Das Mädchen schämte sich, denn wenn sie an die Reihe kam, würde man entdecken, daß sie nicht mehr unschuldig war – und doch war sie mehrere Jahre jünger und längst nicht so schön.

Die Selektion. Jetzt wußten die Frauen, was die, welche nach rechts, und die, welche nach links gehen mußten, erwartete. Rechts oder links, links oder rechts, das Mädchen mußte an einen Schlager denken, den Zarah Leander, der von den Nazis hochgeschätzte schwedische Filmstar, in einem Film über Maria Stuart sang: »Ein schwarzer Stein, ein weißer Stein, das soll des Lebens Kette sein.« Aber, dachte das Mädchen, die Königin war wenigstens nicht nackt, als sie in ihrem Turm saß und sang und auf ihr Urteil und ihren Tod wartete.

Die Frauen mußten sich in eine lange Reihe stellen und einzeln vor Mengele hintreten, der lässig auf einer Tischkante saß und mit der Peitsche spielerisch an sein baumelndes, stiefelbekleidetes Bein schlug. Oder war es vielleicht ein anderer SS-Mann, das Mädchen nahm es nicht mehr wahr. Dachte nur daran, geradezustehen, ihm in die Augen zu sehen, Kraft und Arbeitswillen auszustrahlen. Es gelang. Er nickte und sagte anerkennend: »Bist noch jung, kannst noch arbeiten.« Das Mädchen ging nach rechts.

Das Schicksal der anderen Frauen entschied sich buchstäblich hinterrücks. Mengele, oder wer es nun war, musterte sie einen Augenblick lang, sie machten kehrt nach rechts und marschierten auf einen anderen, einige Meter entfernt stehenden SS-Mann zu, und hinter ihrem Rücken wurde das Zeichen gegeben: Daumen hoch oder Daumen runter. Ein paar versuchten unbemerkt die Seite zu wechseln, eine Mutter wollte mit ihrer Tochter vereint bleiben, eine Schwester mit ihrer Schwester, doch alle derartigen Versuche wurden entdeckt und die weinenden und schreienden Frauen durch Schläge auf die richtige Seite getrieben.

27

Die Lagerstraße erstreckt sich leer, staubig und grau unter der erbarmungslosen, alles versengenden Augustsonne. Die Häftlinge sind in ihren Baracken, liegen keuchend und ermattet in ihren Kojen. In der Schreibstube hat jede eine Pritsche, aber in den meisten anderen Blocks sind es nur in die Wand gehauene Nischen, wo die Frauen jetzt mit einem gesparten oder gestohlenen Brotkanten hocken, mit ihren Wunden, ihren Läusen und der letzten verzweifelten oder verlöschenden Flamme ihres Lebenswillens. Auch in der Baracke der Strafkompanie haben sie Pritschen, und da Sonntag ist, marschieren die Frauen nicht zur Arbeit, heute kommen auch keine Züge an. Es ist still, lähmend, mörderisch still in Auschwitz-Birkenau.

Das Mädchen fühlt sich rastlos und einsam, die Stille im Lager empfindet sie als bedrohlich, ihr ist, als sei diese Stille fähig, durch die winzigen, unsichtbaren Risse in dem großen, grauen Nichts hindurchzusickern. Dann würde es dort ein Loch geben, das sich mit etwas füllen könnte, womit, das weiß das Mädchen nicht, aber sie sieht das Loch vor sich, es hat die Form eines aufgerissenen Mundes wie auf Munchs Gemälde »Der Schrei«. Darin lauert der Schrei, der wilde, befreiende und tödliche Schrei, der, ausgestoßen, die Glaskugel, in der sie lebt, zerspringen lassen würde. Das darf nicht geschehen, denn dann wird sie ein »Muselman«. So werden die Häftlinge genannt, die sich eines Tages entschließen, ganz buchstäblich »den Geist aufzugeben«. Sie legen sich hin und warten reglos und mit aufgerissenen Augen auf den Tod; er kommt still und unmerklich, und niemand könnte sagen, wann ein Muselman die Grenze zwischen Leben und Tod überschritten hat, die Atemzüge und die Herzschläge sind so schwach, daß sie unter dem Skelett der Rippen nicht mehr wahrnehmbar sind. Der letzte Atemzug, ein leiser Hauch, der ihr Federgewicht in die Ewigkeit bläst.

Nein, das darf nicht geschehen, aber wer oder was könnte das Mädchen beschützen? Unter den Frauen in der Schreibstube gibt es keine, die sich um sie kümmert, sie tolerieren sie, nehmen sie aber kaum wahr, sie sind soviel älter als das Mädchen, sind hier schon soviel länger, und jede hat genug eigene Sorgen. Dem Mädchen sind auch keine Bilder, keine Märchen und Gedichte mehr geblieben, von denen sie zehren und mit denen sie sich trösten könnte. Das unersättliche Nichts hat alles verschlungen.

Statt dessen kreist sie um ein Bild aus der Wirklichkeit, es lockt und erschreckt, sie wagt kaum daran zu rühren, dennoch ist es so schön, so voll unerreichbaren Sehnens wie die auf Goldgrund gemalten Muttergottesbilder. Diese Bilder mit ihren Miniaturstädten, Gärten und Menschen, die im Hintergrund des Bildes ihr eigenes, behütetes Leben leben und im Strahlenglanz von Mutter und Kind golden leuchten. Dennoch ist dieses Bild gefährlich und muß – kann aber nicht – weggeschoben und vergessen werden.

Und dies ist das Bild des Mädchens:

Die schöne, blonde Frau steht vor Mengele oder einem anderen SS-Mann mit blanken, schwarzen Stiefeln. Die Frau hält ein Kind eng an den Körper gepreßt, der Acht- bis Zehnjährige steht vor ihr, und sie hat die Arme um ihn geschlungen, so fest, daß die beiden, die Frau und das Kind, wie zusammengewachsen wirken.

Wie die Mutter das Kind überhaupt in das Lager hineinbekommen hat, weiß das Mädchen nicht, vielleicht sind die beiden mit einem dieser »unsortierten« Transporte aus Theresienstadt gekommen, und sie hat ihr Kind – eine Zeitlang – verstecken können. Der SS-Mann scheint die Frau gut zu kennen, er nennt sie beim Vornamen, er argumentiert und versucht sie zu überreden, bittet sie, ihr eigenes Leben dadurch zu retten, daß sie das Kind, das verurteilte Kind, abliefert. Die Mutter weigert sich. Schließlich werden sie und das Kind von einem Wachtposten durch das Lagertor den schnurgeraden Weg zu den Gaskammern geführt, die Frau hält das Kind an der Hand, sie geht sehr gerade, beugt sich nur hin und wieder vor, um dem Kind etwas zu sagen. Es gibt noch soviel zu sagen, und das Kind trabt vertrauensvoll mit, sträubt sich nicht, scheint gar keine Angst zu haben. Vielleicht erzählt die Mutter ihm von dem »Vögelein, das unter den Flügeln der Mutter Schutz sucht, und dem Kind, das geborgen im Schoß der Mutter ruht«.

Das Mädchen spürt, daß etwas Scharfes und Spitzes das Nichts zu einem Etwas zusammenpressen will, daß etwas drauf und dran ist, ihm Form und Gestalt zu geben. Das darf nicht geschehen, sie muß fliehen, ums Leben fliehen. Aber wohin? Zu Elsa? Elsa in der Baracke der Strafkompanie. Elsa gehört zu den »asozialen« Nichtjuden, die neben der auf dem gestreiften Kittel aufgenähten Nummer einen schwarzen Winkel tragen. Vielleicht ist sie eine Prostituierte, vielleicht etwas anderes, aber sie ist aus Berlin, und sie erinnert das Mädchen an die netten Hausangestellten im Eichkatznest, an den Kuchenduft am Sonntagmorgen und an die aufregenden, geflüsterten Berichte von den Abenteuern der freien Abende im Tanzpalast »Resi«, wo es Tischtelefon gibt und dadurch ungeahnte Möglichkeiten für spannende Bekanntschaften.

Das Mädchen schiebt die schwere Tür zur Baracke der Strafkompanie auf und sucht mit den Augen nach Elsa, sie hofft, daß die hochgewachsene, hochbusige Elsa nicht mit ihrer plattbrüstigen, knochigen und giftigen Freundin zusammen ist. Die Freundin kann die sporadischen Besuche des Mädchens bei Elsa nicht leiden, noch weniger scheint sie es zu mögen, wenn Elsa scherzend und mit einem herausfordernden Blick zur Freundin mit dem Mädchen schmust. Die Freundin ist da, auf Elsas Pritsche, das Mädchen zögert ein wenig, doch es ist egal, sie muß Elsa treffen, sie wird nicht lange bleiben, nur ein kleines Weilchen. Die beiden Frauen sehen das Mädchen an der Tür stehen, tuscheln miteinander und lachen leise, etwas an diesem Lachen ist dem Mädchen unheimlich, aber beide, Elsa und die Freundin, bedeuten ihr lächelnd, auf die Pritsche zu klettern. »Na, wie geht's denn meiner halben Portion heute?« fragt Elsa und drückt das Mädchen an sich. Das Mädchen freut sich über den Kosenamen, nur Elsa nennt sie so, das Mädchen ist wahrgenommen worden, sie ist JEMAND, nicht Cordelia, nicht Dela, sondern die kleine halbe Portion, es ist immerhin eine Bestätigung.

Das Mädchen sieht gierig auf den Brotkanten, an dem Elsas Freundin mit ihren kleinen Mausezähnen nagt. »Hast du Hunger, Kleine?« fragte die Magere dumm. Natürlich hat das Mädchen Hunger, sie ist immer hungrig. Die beiden Frauen sehen einander in heimlichem Einverständnis an, und Elsa erklärt dem Mädchen flüsternd: Die Lagerführerin Maria Mandel pflege sonntagnachmittags doch oft im Lager spazierenzugehen, das

Mädchen habe Mandel ja kennengelernt, und Mandel sei doch nett zu ihr gewesen, nicht wahr? Wisse sie eigentlich, daß Mandel im Kinderblock manchmal Schokolade verteile, in der Baracke, wo Mengele sowohl jüdische als auch polnische Kinder für seine Zwillingsexperimente aufbewahre und noch schone? Ja, das weiß das Mädchen, sie war selber einmal dabei. Na also, meint Elsa, warum wolle das Mädchen dann nicht die Gelegenheit nutzen und Mandel, wenn sie hier vorbeikomme, um etwas Eßbares bitten? Das Mädchen zaudert, aber der Gedanke an einen ganzen Laib Brot, vielleicht auch eine Kohlrübe, warum nicht gar ein Stück Schokolade, die Phantasie hat keine Grenzen, dieser Gedanke ist überwältigend. Sie verspricht den beiden, Elsa und der Freundin, etwas abzugeben, falls sie etwas bekäme. Noch bevor sie Zeit hat, ihre Meinung zu ändern, schubsen die beiden Frauen sie sanft, aber energisch aus der Baracke. Sie steht auf der leeren Lagerstraße und sieht, wie Mandel sich ihr mit den beiden Schäferhunden an der Leine nähert. Das Mädchen wirft einen Blick zurück und sieht Elsa und die Freundin durch den Türspalt linsen. Die beiden sehen irgendwie seltsam aus, sie haben starre Gesichter und Augen, die wie vor Hunger und Erregung funkeln, plötzlich versteht das Mädchen, daß irgend etwas falsch ist, furchtbar falsch und gefährlich. Doch jetzt ist es zum Umkehren zu spät, Mandel und die Hunde sind schon dicht vor ihr. Das Mädchen nimmt Haltung an, und obwohl ihr die Angst die Kehle zuschnürt, gelingt es ihr herunterzuleiern: »Schutzhäftling A 3709 meldet sich zur Stelle, Frau Lagerführerin, ich habe Hunger.« Mandel sieht verblüfft aus, dann lacht sie auf und sagt freundlich: »Nun ja, dann geh zur Proviantkammer und sag ihnen, daß sie dir ein Brot und eine Dose

Sardinen geben sollen.« Das Mädchen nimmt sich kaum die Zeit zu danken, schon läuft sie los, aber nicht zur Proviantkammer, sondern zu ihrer Pritsche in der Schreibstube, sie ist nicht mehr hungrig, und sie sieht Elsa nie wieder an.

Wenig später erfährt sie, daß Mandel während ihrer Sonntagsspaziergänge im Lager bisweilen einen Häftling herauspickt und dann die Schäferhunde losläßt, die das Opfer bis an die Hochspannung des Stacheldrahts hetzen.

28

Der Traum der erwachsenen Frau.

Sie kehrt heim, heim ins Eichkatznest, das Haus ist noch unbeschädigt, aber unbewohnt und seit langem verlassen. Die Frau steht in der Diele und spürt, wie sich das Haus vertraut um sie schließt, wiedererkennend nickt sie jedem Winkel, jeder Kleinigkeit zu; hinter ihr liegt das Schlafzimmer der Eltern, das Reinhold auch als Arbeitszimmer diente bei den seltenen Gelegenheiten, wo er flüchten und sich mit seinem Augustinus in die Ruhe zurückziehen konnte. Schräg links liegt das Zimmer der Mutter mit dem antiken Sekretär und der erlesenen, mit Gold bemalten Schreibgarnitur aus Rokokoporzellan, Reinholds Hochzeitsgeschenk für seine Frau. Rechts die Treppe führt hinauf zum Zimmer der Großmutter und den Kinderzimmern der kleinen Geschwister. Als Mädchen pflegte sie auf dem Geländer Rutschbahn zu fahren.

Gedankenverloren und traurig steht die Frau vor der kleinen Biedermeierkommode in der Diele und zeichnet mit dem Zeigefinger etwas in den dicken Staub. Alles ist da, und alles ist vergangen, es war, wie es war, und nichts läßt sich ändern oder auslöschen. Sie ist allein mit ihrem Leben, die Hüterin aller Erinnerungen und »mit solchem Wissen gibt es Versöhnung«?

Vor ihr liegt die verglaste Veranda, die Glasveranda, die auf den Garten geht. Hier aß man im Sommer die Mahlzeiten, die oft in Tumult ausarteten, wegen des an Besessenheit grenzenden Abscheus der Mutter vor Fliegen. Stets hatte sie die Fliegenklatsche in der Hand und konnte damit dem Unaufmerksamen jederzeit auf die Hand schlagen, so daß die Suppe vom Löffel auf den Tisch spritzte oder auch ins Gesicht, so daß man sich verschluckte. Die Proteste der Familie fertigte sie ab mit einem verwunderten: »Aber da saß doch eine Fliege!« Gewiß war die Mutter von der Überzeugung durchdrungen, daß die gesamte Schöpfung Gottes Werk sei, aber bei den Fliegen machte sie eine Ausnahme. Sie waren des Teufels Brut in direkt absteigender Linie.

An einem Weihnachtsfest hatten sie den Tannenbaum hier in der Veranda aufgestellt, erinnert sich die Frau, und da die Veranda mit ihrer rustikalen Einrichtung »Bauernveranda« genannt wurde, sah die Mutter an diesem Weihnachtsfest von ihren ästhetischen Prinzipien ab. Statt die Tanne wie sonst nur mit silbernen, goldenen oder gläsernen Kugeln und Kerzen zu schmücken, wurden in diesem Jahr Kugeln in allen Farben aufgehängt, rote, grüne und blaue, sowie trompetende Engel, Schokoladenkringel und viel Lametta. Die Frau hat die Gerüche des Petroleumofens und der Tannennadeln in der Nase, hört Reinhold das Weihnachtsevangelium lesen und sieht den als Weihnachtsmann verkleideten Onkel Heini durch den verschneiten Garten kommen. Ein weißes und frohes Weihnachtsfest.

Die Tür zum Garten, der im feuchten Herbstnebel fröstelnd daliegt, steht einen Spaltbreit offen, und plötzlich sieht die Frau einen kleinen schwarzen Pudel in die Veranda huschen. Der Pudel bietet einen betrüblichen Anblick, das Fell ist zerzaust, der ganze kleine Körper mager, vernachlässigt und jämmerlich. Die Frau erbarmt sich seiner und holt eine Tonschale voll Milch, die sie auf den Fußboden der Veranda stellt. Da macht der Pudel kehrt, läuft zurück in den Garten, kommt aber gleich darauf mit einem kleinen Welpen wieder. Die Pudelmutter trägt das Junge behutsam an der Nackenhaut, so wie Katzen ihre Jungen tragen. Sie läuft wieder hinaus und kommt mit noch einem Welpen zurück, nach noch ein, zwei Läufen scheint sie ihre Kinderschar eingesammelt zu haben, drei oder vier sind es, die sie jetzt um die Milchschale plaziert.

Die Frau betrachtet still die Pudelfamilie, und in ihrem Lächeln sammeln sich alle Erinnerungen, die gegenwärtige und die vergangene Zeit, alle Zärtlichkeit, alle Trauer und Sehnsucht. Ihr Lächeln ist ohne Hinterhalt und Lüge, denn es leugnet die Bitterkeit und den Zorn über eine Welt ohne Gnade nicht. Über die Welt, in der wir unsere eigenen Henker und die der anderen sind, und unsere eigene Erlösung und die der anderen.

Sie ist heimgekommen.

Teil II

Ihr führt ins Leben uns hinein,
ihr laßt den Armen schuldig werden,
dann überlaßt ihr ihn der Pein –
denn alle Schuld rächt sich auf Erden.

Goethe

I

Sie überlebte. Sie wurde eine Überlebende.

Jemand, der übriggeblieben war; jemand, der über die Grenze zwischen Leben und Tod gezogen worden, geglitten und im grauen Nebel des Niemandlandes zurückgeblieben war. Dies war das »Land, das nicht ist«, das Land der ungreifbaren, unerlösten Angst ohne Sprache und ohne Worte, und darum ohne starke, klare Gefühle. Liebe und Haß, Schmerz und Freude erreichten sie nur undeutlich und gedämpft wie rufende Stimmen im Nebel. Halbblind, sich mit dem weißen Blindenstock des Instinks vorwärts tastend, irrte sie im Nebel umher, glitt sie mit den Fingerkuppen über die Blindenschrift des Lebens.

Sie war taub für menschliche Stimmen, aber sehr hellhörig für die Signale von dem elektrischen Stacheldraht, der ihr Reich schützte und umfriedete. Das Totenschädelzeichen ihres Minenfeldes warnte: Bis hierher und nicht weiter! Türen, die nicht geöffnet, Schwellen, die nicht überschritten werden dürfen, denn dahinter wohnt der Schrei, der Schrei, der nicht hinausgelassen werden und explodieren darf. Dort drinnen, in dem mit dunkelroten Seidentapeten ausgeschlagenen Raum lauert auch der schwarze, klebrige Schleim, der in einer alles verschlingenden, alles erstickenden Flut von Unreinheit hinausquellen will.

Sie ist stumm. Im Anfang war das Wort, aber am Ende die Asche. Binnen kurzem hatte sie jedoch gelernt, die Zeichensprache des Lebens zu beherrschen; zu ihrer Verwunderung und höhnischen Genugtuung entdeckte sie, daß keiner mehr von ihr wollte, mehr verlangte. Im Gegenteil, etwas anderes und mehr als die vereinbarten Zeichen und Gesten, Katzengold oder im vorliegenden Fall Pferdemist, konnte, so lernte sie, tiefe Verstimmung erzeugen.

2

Es war ihr erstes Weihnachten in Schweden.

Das Mädchen war zu einer für ihr weltumspannendes Gewissen bekannten und geachteten schwedischen Familie eingeladen worden. Sie sollte an ihren Pfefferkuchen und an ihrer Weihnachtsfeier teilhaben. Und sie sah dem erwartungsvoll entgegen, natürlich tat sie das. Der Luciafestzug, Verkünder und Vorbote des Weihnachtsfestes, der mit seinen brennenden Kerzen unter feierlichem Gesang durch den dunklen, schneebedeckten Krankenhauspark schritt, war für sie ein großes Erlebnis gewesen, etwas in ihr war berührt worden und rührte sich. Einen Augenblick lang glaubte das Mädchen, der tapfere Atem der Kerzenflammen könne die dunkle Nacht besiegen und den Eisblock, der sie als kleines Fossil umschloß, schmelzen. »Da steht auf unserer Schwelle . . .«, aber die Schwelle durfte nicht, konnte nicht überschritten werden. Und doch war der unerlöste Schmerz der Möglichkeit ein unerwartetes Geschenk, für das sie dankbar sein mußte.

Der Strahlenglanz des Luciamorgens erinnerte sie an die Reise nach Schweden. Sie waren aus einem Arbeitslager geholt worden, irgendwo in der Nähe von Hamburg, glaubte das Mädchen, obwohl sie natürlich nicht sicher sein konnte. Zuerst holte man die Kranken, ein schlechtes

Zeichen, und als sie und die anderen dann an die Reihe kamen, war allen klar, daß dies das Ende war, das Lager sollte »geräumt« werden. Jemand versicherte ihnen, daß sie nach »Schweden« kämen – um sie während des Transports ruhig zu halten, vermuteten die Frauen. Als wäre das nötig gewesen, ihre Sinne und Gefühle waren bis zur Betäubung abgestumpft, sie waren gar nicht imstande, etwas anderes als ruhig zu sein. Noch vermochte die polnische Hanna jedoch zu scherzen. Als sie in die Güterwaggons kletterten und sahen, daß der Fußboden – zum erstenmal – mit Stroh belegt war, bemerkte sie, diese letzte Reise gehe offenbar »erster Klasse« vor sich.

Das Mädchen machte sich keine Gedanken mehr, sie kauerte in einer Ecke und trieb schwerelos auf ihren Fieberwogen dahin. Sie erwachte dadurch, daß der Zug hielt, und wunderte sich darüber, nicht die üblichen Kommandorufe und Gewehrkolbenschläge gegen die Türen zu hören. Statt dessen öffneten sich die Türen leise und vorsichtig, und weißgekleidete Gestalten winkten ihnen lächelnd zu, herauszukommen. Das Mädchen hätte dem Befehl bestimmt gehorcht, denn natürlich mußte es ein Befehl sein, spürte aber, daß die Beine sie nicht länger trugen. Da kamen ein paar »Weißgekleidete« mit weißen Schalen in den Händen und begannen sie und ein paar andere, die den Güterwagen gleichfalls nicht verlassen konnten, mit weißem Brei zu füttern. Alles war weiß, die sanften, weißgekleideten Wesen, die Schalen und sogar der Brei.

Da begriff das Mädchen, daß sie tot war und daß die Geschichte mit des Himmels weißen Heerscharen offensichtlich der Wahrheit entsprach, auch wenn sie keine Flügel entdecken konnte.

Nur allzubald und zu ihrem Kummer ging ihr auf, daß »die Engel« dänisches Rotes-Kreuz-Personal waren, das sie und die anderen mit Griesbrei fütterte. Trotz ihrer überwältigenden Erschöpfung zwang man sie somit weiterzukämpfen, und bei der Ankunft in Schweden funktionierten schon wieder die alten Reflexe. Nachdem die Frauen geduscht und entlaust worden waren, mußten sie einzeln an den Tisch des Arztes treten, wo man sie fragte, ob sie irgendwo Schmerzen hätten, sich irgendwie krank fühlten. Das Mädchen wußte, worauf es ankam, geradestehen, ihm in die Augen sehen, den Eindruck von Kraft und Arbeitswillen vermitteln! Es glückte – wieder einmal. Sie wurde für gesund erklärt – und durfte gehen. Als sie später, nachdem sie in der Essensschlange ohnmächtig geworden war, in einem Bett mit sauberer Bettwäsche erwachte und auf der Bettkante eine Frau mittleren Alters saß, die ihr tröstend die Hand streichelte, da ahnte sie, daß sie ruhig liegenbleiben dürfe, am liebsten für immer.

Nach mehrmonatiger Pflege in einer Lungenheilstätte am Stadtrand von Stockholm durfte sie zum erstenmal Urlaub machen, um bei der schwedischen Familie Weihnachten zu feiern. Als das Mädchen zum Bahnhof kam, wo sie in den kleinen Vorortszug nach Stockholm einsteigen sollte, versuchte sie wie gewöhnlich die Schrift auf den Schildern zu buchstabieren und die Bedeutung zu erraten. Mit einem gewissen Stolz auf ihre rasche Auffassungsgabe steuerte sie geradewegs auf das Schild »Ingång förbjuden« (Eingang verboten) zu. Es war ja klar, das mußte »Eingang für Juden« bedeuten. Hier mußte sie also hinein. Sie nahm das als ganz selbstverständlich hin und war weder empört noch auch nur erschrocken. Als man ihr den Irrtum erklärte, war sie nur leicht verwundert und ein wenig verärgert darüber, daß sie sich dumm benommen hatte.

Daheim bei der Familie H., H für Herz, das links und warm für die Leiden der ganzen Menschheit schlägt, erstrahlte die Villa von tausend brennenden Weihnachtskerzen. Es wurde dem Mädchen warm, und es schwitzte in dem häßlichen, kratzenden Zellwollkleid der Sozialhilfe. Man weihte sie in die schwedischen Weihnachtsriten ein, »das Tunken in den Topf«, den Stockfisch und die schwedischen Weihnachtslieder, einige davon erkannte sie natürlich wieder, »Stille Nacht, heilige Nacht« und »Es ist ein Ros' entsprungen« hatte man auch zu Hause im Eichkatznest gesungen. Aber weder die Lieder noch der Tannen- und Hyazinthenduft oder der Schein der Kerzenflamme vermochten in sie einzudringen, ihr Dunkel und ihre Stummheit zu erhellen. Wie ein böses, schwarzes Bündel, wie ein häßlicher Klecks in dem lichten Carl-Larsson-Milieu, hockte das Mädchen in einer Ecke und verdarb und zerstörte die Weihnachtsstimmung der Familie H. Nein, dachte sie haßerfüllt, so leicht geht das nicht, die ausgespielte Karte bleibt liegen, die Gebeine der Toten bleichen und rasseln im Wind, und das, was genommen worden ist, kann nicht wiedergegeben werden, nicht einmal in der Weihnachtsnacht.

Anfangs tat man so, als bemerke man nichts. Die Schweden sind Meister in dieser Kunst, lernte das Mädchen mit der Zeit, vielleicht deshalb, weil es nicht soviel Bemerkenswertes gibt. Dann machte die große, mütterlich vollbusige Frau H. einen tapferen Versuch, das Mädchen mit einzubeziehen. »Aber fühlst du dich denn nicht wohl bei uns, Kleine?« flehte(?), drohte(?) sie. »Jetzt hast du es doch hinter dir, jetzt mußt du all das Schreckliche, was passiert ist, vergessen! Bald bist du wieder ganz gesund, und dann wird alles anders, glaub mir!«

Hinter sich haben, vergessen, gesund sein – das Mädchen spürte, wie sich Verzweiflung, Wut und Haß in ihrer Kehle zu einer glühenden Feuerkugel zusammenballten. Noch fehlten ihr die Worte, aber hätte sie sie gehabt, dann hätte sie geschrien: »Ich will es aber nicht hinter mir haben, will aber nicht gesund werden, will aber nicht vergessen! Ihr wollt immer nur ›einen Strich durch alles machen‹, wie es so schön und bequem heißt. Ihr wollt mir meine Angst wegnehmen, sie verleugnen und ausstreichen und euch vor meiner Wut schützen, aber dann streicht ihr auch mich aus, ›ausradieren‹ nannten es die Deutschen, dann verleugnet ihr auch mich, denn all dies bin ich. Heute, in dieser Weihnachtsnacht, bin ich all dies!«

Doch dies wurde natürlich nicht ausgesprochen. Und es sollte und konnte viele, viele Jahre lang nicht ausgesprochen und nicht mitgeteilt werden. Erst als das Mädchen eine erwachsene Frau und Mutter geworden war, eine hilflose, verblendete und geblendete Mutter mehrerer Kinder, begegnete ihr eine vogelhaft zarte und erbarmungslos starke jüdische Frau, die sich ihrer annahm und willens war, sie bis zu den Pforten der Hölle und durch sie hindurch zu begleiten. Gemeinsam, Hand in Hand, stiegen sie hinab in das Totenreich, die Frau wurde wieder zum Mädchen, das den Verdammten aufs neue ins Angesicht sah. Von Angesicht zu Angesicht sah sie die Mutter, Mengele, Maria Mandel, Elsa und Greta, die Großmutter während der Selektion – und sich selber in verschiedener Gestalt.

Ihre Wegweiserin war eine Jüdin aus Berlin, die verrückte Hüte, groß wie Mühlenräder, liebte und die es wagte, dem Untier ins Gesicht zu sehen und zu sagen: ja, so war es – nur schlimmer, noch schlimmer. Eine gastfreundliche und sehr einsame Frau, die Oblatenengel auf kleine Streichholzschachteln klebte und ihre knapp anderthalb Meter große Person mit langen, baumelnden Ketten schmückte. Sie war eine Frau, die nie Kinder geboren hatte, die aber die Mutter und Wiedergebärerin vieler wurde, ausgerüstet mit der klarsichtigen Kraft der jüdischen Mutter und ohne jede Spur von lästiger, an sich kettender Gefühlsseligkeit.

Aus Mangel an Worten knackte das Mädchen eine Weihnachtsnuß und fauchte: »Aber ich will nicht gesund werden. Ich wünschte, ich wäre tot! Alle anderen sind ja auch tot. Sie sterben immer noch. Gerade jetzt stirbt vielleicht Ilse.«

Es wurde sehr still, und das Mädchen wußte, daß sie hart zugeschlagen – und getroffen hatte. Dennoch empfand sie keine wahre Genugtuung. Sie hatte sowohl zuviel als auch zuwenig gesagt, sie kam sich vor wie ein junger Hund, der den Teppich beschmutzt hatte, weil er es nicht besser verstand, und trotzdem wußte sie soviel mehr, als diese Menschen hier je begreifen würden. Wie der Igel wußte sie alles über eine einzige große Sache, aber die Füchse an der Vortreppe, unter der sie sich versteckt hielt, kannten viele Schliche – und sie stand beschämt da.

Nach einer peinlichen Pause gewann die Mütterliche ihre Fassung wieder und sagte munter, aber bestimmt: »Es war wohl ein bißchen zuviel für dich, Kleine, du hast das Krankenhaus ja zum erstenmal verlassen dürfen. Das beste ist wohl, du gehst jetzt schlafen.« Maria, die Tochter des Hauses, nahm das Mädchen an die Hand und führte sie in ihrem schmählichen Rückzug die Treppe hinauf. Sie sollte in Marias Zimmer übernachten, ihrem alten Jungmädchenzimmer mit weißen, frischgestärkten Gardinen, einem Weihnachtsstern am Fenster und Marias altem Teddybär auf dem Bett. Das Mädchen sah Maria scheu von der Seite an, gerade Maria hatte sie nicht betrüben wollen, denn sie war es ja gewesen, die das Mädchen zur Weihnachtsfeier der Familie eingeladen hatte, und Maria war stets und war auch jetzt auf ihrer Seite, das spürte das Mädchen.

Die beiden hatten sich in dem Lazarett in Schonen kennengelernt, wo man sich des Mädchens und ihrer Schicksalsgenossinnen zuerst angenommen hatte. Die blonde Maria, die junge Assistenzärztin mit den Knabenhänden – spatenförmige Finger mit abgebissenen Nägeln –, die sie meistens in den Taschen des offenen, weißen Kittels vergrub, Maria mit den breiten Hüften und den stämmigen Beinen, sie wurde der erste Mensch, den das Mädchen nach der Ankunft in Schweden sah, wahrnahm und, bis zu einer gewissen Grenze, in sich hineinließ. Auch Maria hatte keine Worte, aber sie sah, und sie wich mit ihren grauen Augen nicht aus.

Jetzt setzte sie sich neben das Mädchen auf die Bettkante und bat: »Erzähl mir von Ilse.«

O ja, Ilse! Der Gedanke an die sterbende Ilse erfüllte das Mädchen mit schmerzhafter Sehnsucht. Ilse war die einzige von all den im Mai 1945 aus den Lagern geholten Frauen, die über ein eigenes Zimmer verfügte – im Hauptgebäude der Heilstätte. Sie lag auf der nur mit Ehrfurcht und Neid erwähnten »Privatstation«. Alle anderen waren in den ausrangierten Personalwohnungen des Krankenhauses untergebracht, die man jetzt »Flüchtlingsbaracke« nannte. Aber, dachte das Mädchen, wären sie früh genug Flüchtlinge geworden, dann wäre es ihnen erspart geblieben, Überlebende zu sein. Fliehen, das war etwas Aktives, das hieß Widerstand leisten und entkommen. Die Frauen hatten zwar die Baracke gewechselt, aber sie waren keine »Flüchtlinge«, sie waren Überlebende. Sie waren übriggeblieben. Durch Zufall. Sie waren aufgelesen und eingesammelt worden wie verdorbenes und wertloses Strandgut nach einem Schiffbruch. Vielleicht ließ sich einiges davon noch reparieren, für etwas verwenden, konnte noch von Nutzen sein. Für sich selber hegte das Mädchen dafür freilich nur geringe Hoffnung.

Sie war schnell zum Hackküken des Krankensaals geworden, und die anderen Frauen, polnische und ungarische Jüdinnen, nannten sie »deutsches Schwein«. Das Mädchen wußte, daß sie sich das selber zuzuschreiben hatte, das Auserwähltsein hatte seinen Preis, und noch war sie willens, ihn zu bezahlen. Unaufgefordert hatte sie von ihren Eltern und Geschwistern daheim im Eichkatznest erzählt, von ihrer deutsch-katholischen Herkunft, von all dem, was sie von den anderen Frauen unterschied. Ein paarmal erhielt sie auch Besuch von einem katholischen Pfarrer, bei der Ankunft hatte sie sich als Katholikin eingetragen, aber jetzt hätte sie ihn am liebsten gebeten, seine Besuche einzustellen. Zwischen den Gebeinen der Toten, im öden Land des Mädchens, klangen seine Worte leer und sinnlos, auch wenn er mit Engelszungen redete.

Sie paßten schlecht, sie klangen falsch und hohl mit ihrem friedlichen Feiertagsgeläute über dem verbrannten Land, wo es keinen einzigen Grashalm mehr gab, der nicht von züngelnden Angstflammen versengt worden war, wo keine Vögel sangen und wo es unter den schattenspendenden Bäumen des kirchlichen Schutzgebiets keine Gräber gab. Sich in diese Landschaft zu begeben, die innere und äußere Landschaft des Mädchens, gewappnet mit dem, was »Tröstung der Religion« hieß, und mit theologischen Spitzfindigkeiten, das – fand das Mädchen – war anstößig bis zur Unanständigkeit. Zumindest war es Einfalt, aber nicht die von der heiligen Sorte.

Und doch wollte sie nichts lieber, als daß A 3709 wieder Cordelia, Dela aus Berlin-Eichkamp, wurde und man sie als solche anerkannte. War »deutsches Schwein« vielleicht ein Schritt in diese Richtung? Gleichzeitig wußte das Mädchen, daß sie sich in hoffnungslos unterlegener Stellung befand. Daß sie die Jüngste der ganzen Abteilung war, mochte noch hingehen, aber das morgendliche Waschen am Waschbecken im Saal war eine tägliche Qual. So mißraten und jämmerlich kam sie sich vor, wenn sie die großen Brüste und breiten Hüften der anderen Frauen bewunderte! Sie selber war platt wie ein Brett und hatte noch keine Menstruation.

In Ilses Zimmer entging sie all ihrer verwirrten Qual, ihrer Schmach und Schande. Ilse wußte nichts von der Herkunft des Mädchens, oder aber sie war ihr gleichgültig. Die rothaarige Ilse mit ihren großen, fieberglänzenden grauen Augen war so schön, fand das Mädchen. Ihr ausgemergelter Körper war in elegante, pastellfarbene, duftige Nylonnachthemden gehüllt, und in ihrem Zimmer roch es gut aus Parfumflaschen und Blumensträußen. Auf Ilses Nachttisch lagen immer große Konfektschachteln, neben dem Spucknapf. Sie selber aß nichts von dem Konfekt, aber es machte ihr Spaß, das Mädchen mit den

Pralinen zu füttern, die sie mit ihren langen, schmalen und sorgfältig manikürten Fingern aus den bunten Stanniolhüllen schälte.

Ilse pflegte von einem fetten Mann mittleren Alters Besuch zu bekommen, der schweigend auf ihrer Bettkante saß und sie mit traurigen und treuen Hundeaugen ansah. Falls er einmal etwas sagte, antwortete Ilse abweisend und einsilbig, und das Gespräch erstarb gleich wieder. Das Mädchen glaubte zu merken, daß Ilse ihrem unbeholfenen Anbeter gegenüber müde Verachtung empfand, ihn aber ertrug, weil er die Quelle all des Luxus' und Überflusses war, die sie umgaben.

Ganz anders war Ilse, wenn Jurek auf einer seiner geräuschvollen Stippvisiten in ihr Zimmer stürmte. Jurek war Caféhausmusiker in Polen gewesen und von sprudelndem, glitzerndem Charme – versehen mit scharfen Widerhaken. Jurek würde sehr gemein sein können, spürte das Mädchen. In Ilses Zimmer lachte und scherzte er, aß ihr Konfekt und steckte ab und zu den einen oder anderen Zehnkronenschein ein, als Gegenleistung brachte er Ilse so sehr zum Lachen, daß sie einen ihrer bellenden, lungenzerreißenden Hustenanfälle bekam. Dann wedelte sie das Mädchen und Jurek aus dem Zimmer, sie wollte nicht, daß er sie in diesem Zustand sah, vor allem wollte sie in seiner Gegenwart nicht den Spucknapf benutzen.

Das Mädchen ging mit Jurek im Krankenhauspark spazieren, und auch im Wald hinter dem Park, wohin man eigentlich nicht gehen durfte. Sie mochte nicht, was Jurek dort mit ihr trieb, sah aber ein, daß Ilse sie als Ersatz gewählt hatte. Also um Ilses willen . . . wegen der Schokolade und des Blumenduftes . . . wegen Ilse, die sterben mußte.

Maria saß auf der Bettkante und hörte zu, sagte nicht viel, aber hörte zu. Das tat wohl, das Mädchen hatte sprechen dürfen, und Maria hatte verstanden und war nicht verärgert. Jetzt wollte sie schlafen. Maria schirmte die Bettlampe ab, streichelte dem Mädchen die Wange und schlich sich still aus dem Zimmer.

Viele Jahre später erfuhr die erwachsene Frau Marias Geheimnis. Da war Maria bereits tot, sie hatte sich das Leben genommen. Ein Leben, das ein heimliches, schmacherfülltes und schließlich übermächtiges Leiden geworden war.

Maria war Alkoholikerin, genauer gesagt, Quartalssäuferin. Bereits damals, als sie das Mädchen kennenlernte, trank sie sich zeitweise bewußtlos, was sie damals aber noch vor ihrer erfolgreichen und in jeder Hinsicht wohlangepaßten Familie geheimhalten konnte. Später wurde es schwieriger. Auch wenn sie lange Zeit hindurch ihre Arbeit tun konnte, dort in der norrländischen Stadt, wohin sie gezogen war und wo sie sich vor der Familie und alten Freunden versteckte, und obwohl sie eine bei ihren Patienten sehr beliebte Ärztin war, erlag sie schließlich der doppelten Angst, die ihre ständige Begleiterin geworden war. Der gegenstands-, wort- und gesichtslosen Angst, die der Bodensatz und das Erbteil ihres Lebens war, und der Angst vor der Sackgasse des Alkohols, dem einzigen Fluchtweg, den sie kannte.

Nach noch einer Entziehungskur, sie machte mehrere, nahm sie sich das Leben.

3

Man hielt sie für einen so lebensvollen Menschen.

Wie war das nur möglich, fragte sie sich später. Lag es vielleicht daran, daß die Umwelt ein so großes Bedürfnis danach hatte, daß diejenigen, die im Fleich überlebt hatten, auch im Geist lebendig sein würden? Daß nichts unabänderlich sei und daß alle Wunden geheilt werden könnten? Nein, das war nicht die ganze Wahrheit, die Welt konnte auch die völlig Gebrochenen umfangen und bedauern, die ständig Hilfeflehenden, sie, die das Mitleid und das Erbarmen ihrer Mitmenschen weckten. Gefühle, die sich freilich etwas spät meldeten, aber gerade deshalb um so eifriger geschenkt wurden.

Oder war es nur so, daß es ihr gelang, sie alle und sich selber zu betrügen? Sie war gefangen im Spiegelsaal des Labyrinths und hatte den Ariadnefaden verloren, aber sie glaubte, je schneller sie lief, desto schneller würde sie hinausfinden. Die Schlange biß sich in den Schwanz, doch die anderen sahen nur, daß sie lief, und deuteten dies als unstillbaren Appetit auf das Leben und ein bisweilen etwas unbeherrschtes und rücksichtsloses Zeichen von Lebensfreude.

Ihr Zorn erlaubte ihr nicht, sich bemitleiden und betreuen zu lassen. So leicht sollten sie nicht davonkommen! Sie sollten nicht über sie weinen dürfen, so wie sie über Anne Franks Tagebuch schluchzten. Über dieses typische Jungmädchentagebuch, das gnädig endet, als die Henker die Tür zu Annes geschützter Welt und der ihrer Familie eintreten. Ja, zu der trotz allem geschützten Welt, selbst wenn sich die Geborgenheit als so verräterisch erwies wie dünnes Eis. Aber das Tagebuch endet, als das Eis bricht, und Annes altklugen und ach so versöhnlichen Grübeleien werden im Würgegriff der Angst erstickt und durch einen Schlag mit dem Gewehrkolben auf den Mund zum Schweigen gebracht.

Durch die rührenden Briefe an »Kitty« erhielt die Welt ihre Katharsis zu einem allzu billigen Preis – und hübsche junge Schauspielerinnen bekamen eine dankbare Rolle, die sie im Film und im Theater spielen konnten, dachte sie haßerfüllt.

Normalerweise ist sie in der Einwohnerliste des Lebens unter der Rubrik »Verschollene« zu finden, und nur, wenn der Schmerz und die Qual »Aufruf« abhalten, hebt sie die Hand, antwortet »hier« und wird zu den Anwesenden gezählt. Das Leben und die Wirklichkeit sind für die da, die sagen können: »Ich pflege stets ... das und das zu tun«, »Im Sommer machen wir immer ...«, »Wir feiern Weihnachten jedesmal ...«. Ihr Leben ist zerborsten und zersplittert, und wenn sie versucht, mit den Teilchen Puzzle zu legen, schneidet sie sich an ihren scharfen Kanten.

Es gibt jedoch Augenblicke, wo sie in der Welt ist und die Welt in ihr. Seltene Stunden leuchtender Klarsicht und Lebenserfüllung, wo sie ihren Fuß triumphierend auf das Dasein setzt. Sie verliert sich selbst, um sich selbst zu finden, sie wird im Kern ihres Wesens getroffen, und die Überlebende wird lebendig. Es gibt sie, und sie möchte ihre Adresse auf Kinderart niederschreiben:

Cordelia
Stockholm
Schweden
Europa

Welt
Universum!

Dieses Gefühl läßt sich nicht hervorlocken oder erzwingen, es überfällt und erschreckt sie fast; die Götter könnten sich rächen!

Am häufigsten empfindet sie es in dem kleinen Tod der Erotik. Ihre Liebhaber begreifen nie, warum sie gerade nach den hingebungsvollsten und leidenschaftlichsten Umarmungen so reizbar, so rastlos und streitsüchtig ist. Sie selber weiß und versteht, wie der Schlange zumute ist, wenn sie sich häutet, doch sie kann und will niemanden in ihr Geheimnis einweihen.

Daß es sie gibt! In einem vollbesetzten Restaurant, bei dem diskreten Geklirr von Geschirr und Silber, bei dem köstlichen Duft der Gerichte und dem Bouquet der Weine möchte sie plötzlich aufstehen, die gedämpften Gespräche übertönen und ausrufen: »Ich bin hier! Ich, die ich voller Läuse und Krätze war und an rohen Kartoffelschalen genagt habe, ich, die ich nicht einmal einen Blechnapf besaß, um daraus zu essen, weil ihn mir jemand gestohlen hatte, ich bin hier! Ich esse mit Messer und Gabel wie ihr. Ich bestelle mein Entrecote medium rare und kann den Wein zurückweisen, wenn er nicht die richtige Temperatur hat. Das Leben, das gute Leben, gehört auch mir, und ich kann es genießen wie ihr. Seht mich an, ich bin der wiederaufgerichtete Hiob, ich habe den Abfallhaufen vor dem Stadttor verlassen und meinen rechtmäßigen Platz unter euch wieder eingenommen!«

Daß es sie gibt! Unter festlich gekleideten Menschen in einem Theater oder einem Konzertsaal – sie hat nichts übrig für die gekünstelte »Was ist denn schon so Besonderes an der Kultur«-Koketterie der verdreckten Jeans. Für sie ist es etwas Besonderes.

Auch dies gehört mir, weiß sie mit triumphierender Freude, das Orchester spielt für mich, die Schauspieler nehmen meinen Beifall mit Verbeugungen entgegen. Strindberg schrieb auch für mich, und auch Mozart komponierte für mich, wußtet ihr das? Nein, ich wußte es ja selber nicht, als mich im Halbdämmer des Hungers die schmalzigen Darbietungen des Lagerorchesters erreichten, »Heimat, deine Sterne . . .« und »Kleine Möwe, flieg nach Helgoland . . .« – aber jetzt weiß ich es!

Sie ist auch jäh und heftig anwesend in einem der schmerzhaft schönen, spröden Vorsommerabende, der sich mit reispapierdünner, fast durchsichtiger Hülle um alle unerlösten Sehnsüchte schließt. Jedes Sommerhaus birgt sein eigenes Geheimnis und das des Labkrauts und des Flieders. Der rosablaue Himmel spiegelt sich in Hunderten von Hochhausfenstern, und die Hochhäuser sehen aus, als könnten sie aufsteigen und davonschweben, sich vom felsigen Grund lösen.

Es hätte nur einer kleinen, fast unsichtbaren Schramme bedurft, und die Hülle wäre geplatzt, das Fruchtwasser hätte frei strömen und sie zu anderen Stränden führen können – wiedergeboren.

Oder ein früher Sommermorgen auf der Vortreppe des Sommerhäuschens. Die mütterliche Rundung der blauweißen Frühstückstasse in den Händen und die Vögel, die zaghaft einen neuen Tag erproben. Ja, es ist ein neuer Tag, die ganze Schöpfung ist neu und unbefleckt, das Atmen ist leicht, und selbst das Sterben würde leicht sein. Sie erkennt und begreift, daß, wer Heimatrecht im Leben hat, auch »mit Gesang ins Paradies eingehen« kann.

So leicht würde es sein, hier im Morgengrauen des Sommertages vertrauensvoll und fast unmerklich noch einen Schritt zu tun, den Schritt über die unsichtbare, nicht vorhandene Grenze. Hier, so glaubt sie, würde sie einem Tod anderer Art begegnen können, einem menschlichen Tod, ihrem eigenen, persönlichen Tod, der kommt, um gerade sie zu holen, der sie bei Namen nennt: Cordelia Maria, es ist Zeit, es ist vollbracht!

3709, meine Schwester, ich möchte dir das Leben wiederschenken, das man dir geraubt hat, dieser Sommermorgen gehört auch dir, kann auch dein Tod wiedergutgemacht werden in mir? Jemand wird meine, deine Augen schließen. Mein Grab wird auch deines sein, eine Schaufel Erde für mich und eine für dich, einen Stein für dich und einen für mich.

Wir beide erinnern uns der offenen, von niemandem geschlossenen Augen der gelbweißen Skelette und werden sie nie vergessen. Auch die Leichenhaufen nicht, die an der Längswand der Baracke immer höher wachsen, und nicht die Hand, die den Brotkanten wie mit Klauen hält und Finger für Finger aufgebrochen werden muß.

Aber hier, hier könnte auch uns »ein sanfter Tod« beschieden sein; vielleicht.

4

Der Zorn der Überlebenden, der zur Angst des Lebens wird.

Jahr auf Jahr verbarg die junge Frau den wilden Zorn, er erfüllte sie ganz, erstickte sie fast, aber die beiden, die Frau und ihr Zorn, wurden nie miteinander bekannt. Der

Zorn war zu überwältigend, als daß sie es hätte wagen können, ihm zu begegnen, er hätte sie zersprengt, und er wäre zu einem blitzenden Messer geworden für den Stoß ins Herz der Mutter. Aber den Muttermord wagte sie nicht. Er hätte auch Cordelia ausgelöscht, die Auserwählte, die Auserkorene, diejenige, die ihr Treuegelöbnis hielt.

Die Mutter schrieb einen Brief an ihre Tochter in Schweden. Sie arbeite an einem neuen Roman, schrieb sie, in dem eine junge Frau vorkomme, die in Auschwitz gewesen sei, eine Überlebende. Es sei wichtig, daß die Erinnerungen der jungen Frau bis ins einzelne korrekt seien, danach könne sie, die Mutter, diese in erdichteter Form wiedererstehen lassen. Könne die Tochter ihr von der täglichen Routine in Auschwitz berichten, es aufschreiben?

Die Tochter antwortete, beschrieb, so gut sie es vermochte. Später, als sie den Roman der Mutter las, erkannte sie ihre Erinnerungen nicht wieder. Es war sowohl zuviel als auch zuwenig. Es wurde vom Feuer gesprochen, aber von der Asche geschwiegen. Wie hätte es auch anders sein können, es war ja von einer Lebenden geschrieben worden.

5

Er erkannte, daß sie eine Schlafwandlerin war, die auf schlaffem Seil über den Abgrund balancierte. Ungebeten übernahm er es, ihr Schutznetz zu sein.

Sie lernten sich etwa ein Jahr, nachdem sie das Krankenhaus gegen den Rat der Ärzte verlassen hatte, kennen.

Sie begegneten sich, und sie blieb bei ihm, er hielt sie nicht, jegliche Form von Machtausübung war ihm fremd, aber er bot sich und seinen Mangel an Forderungen dar. Er versuchte nie, sich eine Nähe und Vertrautheit zu erzwingen, die sie nicht zu geben hatte, wachte aber aufmerksam und standhaft auf der Schwelle ihrer Abgewandtheit. Er unternahm keine Eroberungszüge in ihr Niemandsland, wartete aber geduldig darauf, daß die Nacht ende, daß sie erwache. Sie zu wecken wäre lebensgefährlich gewesen, das begriff er.

Wenn sie ihm weh tat, geschah es nicht absichtlich und bewußt, sie hatte keine Absichten, und ihr Bewußtsein dämmerte in der Schattenlandschaft der Unterwelt dahin. Für sie war er ein Rastplatz, eine helle Erquickung und Ruhe. Der schönste Name, den er kannte, lautete »Ljusvattnet« (Lichtes Wasser), ein See in Norrland. Ja, dachte sie, so könnte man ihn selber nennen, Lichtes Wasser.

Ihr Sohn war ein stilles und ernstes Kind, das seine Welt mit nachsichtiger Aufmerksamkeit betrachtete. Die Abgewandtheit der Mutter wurde bei dem Sohn zu einem unberührten, gleichwohl nicht kühlen Beobachten. Mit einem aufgeschlagenen Buch, gestützt auf die Tischkante, die Milchflasche in der linken Hand und das Kind auf dem rechten Arm, saß sie stundenlang da und fütterte den Jungen. Nach einer Weile vergaßen Mutter und Kind, womit sie beschäftigt waren, die Mutter versank im Buch und das Kind hörte auf, die erkaltende Nahrung zu saugen; er beobachtete mit ernsten braunen Augen, nahm aber nicht teil.

Wenn es den Vater nicht gegeben hätte, dann hätte das Kind vielleicht sogar vergessen zu atmen. Während die Frau in ihrer Behausung von einem Zimmer nebst Küche in einem der letzten Slumviertel von Stockholm auf dem Bett lag und gierig die Bücher verschlang, die der Mann ihr aus der Bibliothek herbeischleppte, zog er den Sohn im Kinderwagen über die felsigen Hügel und durch die mageren Fichten des Geländes. Dem Vater war die unverstellte Wehrlosigkeit des Kindes eigen, und der Sohn hatte die Mäßigkeit des erwachsenen Mannes, beide fanden große Freude aneinander. Der Mann wurde zur Rettungsleine der Frau und des Kindes, wie kleine, leichte Boote, vertäut an der Boje des Mutterschiffes, schaukelten sie auf ihren Meeren dahin. Der Mann versuchte nicht, sie zu bergen, sorgte aber dafür, daß sie nicht Schiffbruch erlitten.

»Das Schutznetz hätte wohl feinmaschiger sein sollen«, sagte er mit einem leichten Anflug von Bitterkeit viele Jahre später, nachdem sie ihn verlassen hatte. Nein, dachte sie, nein, so war es nicht. Liebe ist nicht genug oder kann zuviel sein. Als sie seine Güte und Geduld nicht mehr brauchte, als sie anfing, sie zu mißbrauchen, da mußte sie aufbrechen. Aber stets empfand sie Dankbarkeit für die Ruhejahre am Strand des »Lichten Wassers«.

6

Wenn alles gut zwischen ihnen war, nannte er sie »Reisele«, wenn er spürte, daß sie ihm entglitt, schimpfte er sie »Dela«.

Er wohnte im Süden Stockholms, zur Straße hin hatte die Wohnung Aussicht auf die Sofiakirche, diese stämmige Madam, die mit ausgebreiteten Röcken standfest über dem ehemaligen Armeleuteviertel von »Vita Bergen« thront. Im Hof wurden im Frühsommer die Kerzen der Kastanien angezündet, und abends standen sie beide oft da und schauten in die erleuchteten Fenster der Hinterhäuser. Dieses Haus gehörte der jüdischen Gemeinde von Stockholm, und die Mieter waren jüdische Kleinbürger. Die meisten von ihnen waren vor dem Krieg nach Schweden gekommen, mit ihrer irdischen Habe, die sie in ein paar umschnürten Pappkoffern verstaut hatten. »Das Judenhaus«, wie es, nicht unfreundlich, im Viertel genannt wurde, war eine Insel, auf der ein paar Schiffbrüchige an Land gespült worden waren und sich ihren Möglichkeiten entsprechend eingerichtet hatten. Einige von ihnen hatten in den baltischen Ausschiffungshäfen die Fahrkarte zu der »goldenen medine«, Amerikas goldenem Land, voll bezahlt, aber der Schiffseigner machte Konkurs und die Passagiere kamen nie weiter als bis nach Schweden. Andere hatten von Anfang an Schweden als Reiseziel gehabt, doch sie alle blieben in der schwedischen Landschaft fremde Vögel. Sie waren es gewesen, die es, sehr gegen den Wunsch der einheimischen und ihrer schwedischen Kultur bewußten Juden, durchgesetzt hatten, daß Stockholm einen jüdischen Kindergarten und eine jüdische Schule bekam. Ihre schwedischgeborenen, jeansbekleideten Kinder konnten auf einer Insel in den Schären, wo die Gemeinde ihre Ferienkolonie hatte, auf einem Felshang sitzen, sich die Mückenstiche kratzen und sagen: »Ja, Mama und Papa kommen am Besuchstag zu uns raus, zusammen mit ein paar Schweden.«

Eng umschlungen standen sie beide da und nahmen an den festlich gedeckten Sabbattischen des Hinterhauses teil, stabilen Mahagonitischen – dem Inbegriff von Wohlstand und Wohlergehen der osteuropäischen Judenheit –

mit blendendweißen, steifgemangelten Tischtüchern und Sabbatskerzen in blankgeputzten, silbernen Leuchtern.

Es bestand eine Art Wahlverwandtschaft zwischen dem nichtjüdischen Rektorssohn aus einer schwedischen Kleinstadt, wo es kaum eine jüdische Familie gab, und den aus den Städteln Rußlands und Polens Herbeigewehten. Er hatte sich nie dem adretten Muster der Kleinstadt anpassen können. Der Rohrstock des Rektors hinterließ zwar tiefe Wunden und später häßliche Narben, vermochte aber nichts zu ändern. Das Abseitsstehen des Sonderlings wurde zum Hochmut der Einsamkeit. In den konturlosen und angsterfüllten Außenbezirken der Wirklichkeit zu leben war der Preis für die Auserwähltheit, den er gern bezahlte. Hier, in diesen bedrohten und unsicheren Grenzbezirken trafen sie sich und erkannten einander. Wie Hänsel und Gretel nahmen sie sich an die Hand und bekräftigten die Geschwisterschaft dadurch, daß sie tiefer hineinwanderten in den unwegsamen Wald, fort von den geharkten Gartenwegen und dem faden Wachstuchgeruch des leeren Küchentisches.

Mit dem Recht des älteren Bruders übernahm er die Führung und wies den Weg. Er führte sie zu seinen geheimen Schätzen, den Büchern, unter denen es auch eine liebevoll ausgewählte Sammlung Judaica gab, der Musik und nicht zuletzt den jiddischen Liedern – das Lied von Reisele war eines davon –, den Gemälden und der schwedischen Lyrik. Er schenkte mit großer Freigebigkeit und Freude, stellte aber die Bedingung, daß sie keine anderen Götter neben seinen haben dürfe. Sie sollte Wurzeln schlagen und wachsen in seiner Welt, sein Geschöpf werden – Reisele. Cordelia, Dela aus Berlin-Eichkamp, sollte ausgelöscht werden.

Wenn sie keine Kinder bekommen hätten, wäre es vielleicht gutgegangen.

Sie selber spürte die Verlockung der Irrlichter, die Verheißung der grenzüberschreitenden Befreiung im verführerischen Lied vom »Erlkönig«, doch sie wußte auch, daß nur die Überlebenden Heimatrecht in der Abgewandtheit haben. Die Lebenden werden vom Schüttelfrost der Fieberkrankheit gepackt, erfrieren und gehen zugrunde, »In seinen Armen das Kind war tot«. Nein, ihre Kinder sollten leben. Leben!

Sie begann sich aus dem Wald hinauszutasten, hinein in eine dürftigere, blassere, aber stabilere und begrenzte Wirklichkeit. Dies konnte er ihr nicht verzeihen, er empfand es als Verrat an der Geschwisterschaft; er hatte recht, aber sie hatte keine Wahl. Ihre Kinder sollten teilhaben an einem gesegneten, gewöhnlichen Alltag, wo keine Hexe im Pfefferkuchenhäuschen lauerte und wo sich die schöne und gute Königin nie in die häßliche und grausame Stiefmutter verwandelte: Auch wenn sie selber den Weg dorthin nie finden würde, sollten doch ihre Kinder dort heimisch und wohnhaft werden, hoffte sie.

Darin betrog sie sich natürlich: der Sohn und die Tochter waren ja ihre, der Überlebenden, Kinder. Die Hexe befand sich bereits im Pfefferkuchenhäuschen, und die Königin war schon gefangen im Hades, wohin sie ihre blumenpflückende Proserpina lockte. Bis ins dritte und vierte Glied.

Sie nahm das mit, was sie sich zu eigen gemacht hatte. Die Musik der Sprache, die Romangestalten, die Gedichte, das eine und andere Lied und Zitat, die Kerzen der Kastanien und die für andere unsichtbare schwarze Katze, die unter ihrem gemeinsamen Bett gehaust hatte. Seine kostbarste Gabe an sie aber war »Reisele«, der Teil von ihr, den er hervorgeliebt hatte. Wie ein unbekanntes, unterschätztes Familienkleinod hatte dieser Teil unter wertlosem und verachtetem Gerümpel verborgen gelegen, er hatte ihn ausgegraben und poliert, bis er in ungewöhnlichem Glanz schimmerte wie ein altes Schmuckstück. Wenn auch, so entdeckte sie, alte Schmuckstücke schwer zu tragen sein können.

Als sie um ihren Austritt aus der katholischen Gemeinde der Eugeniakirche nachsuchte, der sie noch immer angehörte, um in die jüdische Gemeinde einzutreten, versuchte sie dem alten Pfarrer, der sie empfing, ihren Entschluß zu erklären. Es gehe dabei nicht um Religion und Glauben, sagte sie, es sei wohl so, daß sie den Lackschuh, den sie bei ihrer ersten Kommunion getragen hatte, der Schutzmantelmadonna für immer zur Aufbewahrung übergeben habe.

Aber jetzt gehe es um die Menschen, die lebenden und die toten, die toten Kinder und die Kinder, die sie geboren hatte und die ihrem Volk durch sie wiedergeschenkt worden seien. Ihr eigenes Leben und ihre Kinder besitze sie nur zur Hälfte, mit dem größeren Teil stehe sie bei ihrem Volk in der Schuld, dem Volk, das sie verleugnet und verraten habe. Jetzt, vor dem dritten Hahnenschrei, wolle sie dadurch versuchen wiedergutzumachen, daß sie sich zu den Erniedrigten und Beleidigten bekenne. Die blanken, schwarzen Stiefel sollten ihren Eroberungszug durch die Welt ohne sie weiterführen, sie selber wolle weiterhinken auf ihren erfrorenen, mit schmutzigen Lappen umwickelten Füßen.

Aber ihre Kinder, oh, ihre Kinder, sie sollten stolz von

»David, Israels König« und geborgen von den »Leberblümchen am Hang« singen. Sie sollten schwedische Juden werden.

Der alte Pfarrer begriff nichts. Irritiert und unwirsch starrte er sie mit scheelen Blicken an und rang seine kleinen Pfoten, während seine trockene Altmännerstimme alle Argumente hervorkrächzte, die ihm zur Verfügung standen. Im Grunde war es nur ein einziges: Jesus aus Nazareth sei der Messias, auf den ihr halsstarriges Volk gewartet habe, den anzuerkennen, als er sich in ihrer Mitte befand, es sich jedoch geweigert habe. Seit zweitausend Jahren sei das beharrliche Warten nichts anderes als Verstocktheit der Hartherzigen. Das Grab sei leer, Er sei gekommen und werde wiederkommen.

Sie war in Versuchung, das zu tun, was der alte Rabbiner in der gleichen Lage getan hatte. Sie hätte den alten Pfarrer am liebsten ans Fenster geführt, es weit aufgemacht und ruhig festgestellt: »Ich sehe keinen Unterschied.« Aber das wäre falsches Spiel gewesen, der Würfelwurf betraf nicht das Gewand, und der Zwist betraf nicht die Dornenkrone. Sie hatte nichts gegen den gekreuzigten Unruhestifter, das Opfer des Kaisers, aber der, von dem der Pfarrer sprach und zu dem er sich bekannte, war der auferstandene Triumphator, der König der Welt. Ihn kannte sie nicht. Wollte ihn nicht kennen.

7

Bei dem Anflug auf Stockholm beginnt sie zu weinen.

Nach vielen Jahren in Israel kommt sie als Gast und Fremde zu dem zurück, von dem sie einst geglaubt hatte, daß es auch ihr gehöre. »Alles ist mein, und alles wird mir genommen werden.« Nein, es war ihr wohl nicht genommen worden, sie war herausgewachsen oder dem allen entwachsen, wie man der Stoffpuppe oder dem weichen Teddybär der Kindheit entwächst. Sie hatte es hinter sich gelassen, wie man eine Liebesgeschichte, die ausgebrannt ist, hinter sich läßt, mit einem Gran Bitterkeit über die Flamme, die nicht mehr wärmt, mit einem wehmütigen Zurücksehnen und, nach geraumer Zeit, großer Dankbarkeit.

Die Landschaft, die sich unter ihr ausbreitet, ist Kühlung und Ruhe. Die grünenden Felder, die Gewässer und die Wälder haben sich satt getrunken, sie hüten ihre Einsamkeit und sind sich selbst genug. Vereinzelte rote Bauernhäuser und Zeilen von Reihenhäusern scheinen von spielenden Kindern aufgestellt zu sein, und wenn der Abend kommt, können sie eingesammelt und in den Baukasten zurückgelegt werden. Die Wälder, die Wiesen und die Seen leben ihr eigenes Leben und lassen sich nicht stören.

Nie hat sich jemand an dieser Landschaft vergangen, es ist heidnischer und geschichtsloser Boden, er weiß nichts von den offenen Wunden der Schützengräben, von Bombenkratern und Feuerstürmen. Nie haben Propheten auf diesen Bergen gestanden und diese Wälder verflucht, die Töchter Jerusalems haben hier nicht ihre Kleider zerrissen und an ausgetrockneten Flüssen über ein verheertes Land und ihre geschändete Jugend geklagt. Es ist eine Landschaft jenseits von Gut und Böse, sie stellt keine Fragen und fordert keine Antworten.

Er, der kommen wird, die Lebenden und die Toten zu richten, wird nie den Weg zu diesem Land finden. Wie sollten die, die nie gelebt haben, und die Überlebenden gerichtet werden können?

Für eine Überlebende ist es ein gutes Land gewesen. Es war da und bot seine Erquickung und Ruhe an, drängte sich aber niemals auf, forderte nie die Stummheit der Überlebenden heraus, verlangte nichts. Die hellen Sommernächte und die langen, dunklen Wintertage, der sanfte, stetige Frühlingsregen und der weiße, weiße Schnee verpuppten die Überlebende in einen Kokon aus wehmütiger Erwartung dessen, was nie geschehen sollte. Oder was vor langer Zeit geschehen war und jetzt nur noch leise Beunruhigung weckte wie eine halbvergessene Erinnerung. Die Prinzessin schlief hundert Jahre, währenddessen wuchs die Hecke riesenhoch, man umwand sie mit Bändern und Kränzen aus mittsommerlichem Birkenlaub und Wiesenblumen; das Gebell der Hunde und die Hornstöße der Jäger in der Ferne gelten ihr nicht.

Es dauerte viele, viele Jahre, bis sie erwachte und erkannte, daß dies der Limbus war. Der Ort östlich der Verbannung und westlich der Erlösung. Das Niemandsland und »das Land, das nicht ist«, bevölkert von den Schatten der guten und rechtfertigen Heiden. Sie alle hätten den ersten Stein werfen können, doch keiner erhob die Hand gegen den anderen – manchmal aber gegen sich selbst.

Sie, die noch den Brandgeruch im Haar und in den Kleidern trug, begann jeden Stein umzuwenden, in jedem Abfallhaufen zu wühlen, fand jedoch nur ein paar Kellerasseln oder Vogelknochen. Keine foltergezeichneten Skelette, keinc Totenschädel, die davon zeugten, daß man die Goldzähne aus den Kieferknochen gebrochen hatte, keine ausgemergelten Kinderleichen.

In soviel Unschuld fiel ihr das Atmen schwer, und sie sah ein, daß sie aufbrechen mußte.

Teil III

Am Israel chai.

I

»Dies ist *kol Israel* – Israels Stimme aus Jerusalem.«

Ein Rundfunkprogramm anläßlich von *Jom hashoa*, dem Tag der Vernichtung. Eine Frau erinnert sich, wie sie und ihre Familie zusammen mit allen anderen Juden auf dem kopfsteingepflasterten Marktplatz des polnischen Städtchens gesammelt werden. Ihre vierjährige Tochter ist verängstigt und weint laut.

»Ich versuchte sie zum Schweigen zu bringen, die SS-Wachen sahen schon zu uns rüber, sie konnte mit dem Weinen ihren Zorn reizen, und ich hatte Angst, daß sie ihr etwas antun. Schließlich schlug ich sie, heftig. Da wurde sie still.«

Später riß man das verstummte Mädchen von der Mutter fort.

»Aber«, weint die überlebende Mutter, »als sie sie ermordeten, da muß sie ja geglaubt haben, es sei eine Strafe dafür, daß sie ungehorsam gewesen ist. Ich hatte sie doch kurz vorher geschlagen. Ich schlug sie!«

Jizkor! Erinnere dich!

Wir erinnern uns. Jedes Jahr, wenn die Sirenen über das ganze Land heulen, wenn der gesamte Verkehr ruht und die Menschen wie Salzsäulen auf den Straßen stehen, in den Schulen und am Arbeitsplatz. Wir drehen uns um und erinnern uns – der Toten und unser selber. Die Überlebenden ergreifen die Hände der Toten, und wir kehren wieder zum Leben zurück, zu dem, was unser Leben war und ist.

In diesem Land sind wir besessen vom Tod, hat jemand einmal gesagt. Das ist wahr, dachte sie, die Erinnerungstafeln und Denkmäler unserer toten Helden und Märtyrer sind über das ganze Land verstreut, und selbst in der Landschaft, in Ajalons Tal, auf dem Berg Gilboa und in der Wüste Juda sind unsere Aufstände, unsere Siege und Niederlagen gegenwärtig.

Aber wir sind auch besessen davon, Überlebende zu sein, verkohlte Holzstücke, die aus dem Feuer gerissen wurden, Augen, die durch den beißenden Rauch ständig tränen. Wir sind gleichzeitig Jäger und Wild, ohne Erbarmen hetzen wir uns hinaus aus unserem Bau.

»Hepp, hepp, Jude, lauf!« Wir laufen, darum leben wir.

Wir holen uns selber ein und reißen uns in Stücke, darum leben wir.

Wir spüren, wie der Boden unter unseren Füßen nachgibt, und machen noch einen Schritt auf den Abgrund zu, darum leben wir.

Wir schenken Leben, und unsere Kinder werden mit der Nabelschnur erdrosselt – bis ins dritte und vierte Glied.

2

Gebranntes Kind sucht das Feuer.

Als sie in die verdunkelte Stadt kam, wußte sie, daß sie heimgekommen war. Dies war eine Wirklichkeit, die sie wiedererkannte, hier wollte sie bleiben. Sie war als Beobachterin und Reporterin gekommen, aber das Wissen um die Vergangenheit und die Gesichte machten sie zur Teilnehmerin.

Es war in den ersten Tagen des Jom Kippur-Krieges, das Land hielt den Atem an, kroch in der Dunkelheit zusammen, in äußerster Konzentration und Anspannung wie bei einem bedrohten Tier, bevor es zum tödlichen Sprung ansetzt. Die drohende Vernichtung und die Menschen des Landes sahen einander mit der Vertrautheit des Wiedererkennens in die Augen. Die Überlebenden kehrten zu der einzigen Lebensform, der einzigen Aufgabe und Herausforderung zurück, die sie beherrschten – dem Kampf ums Überleben. Aber, so empfand sie es, hier begegneten sich die Menschen und die Vernichtung als Gegner, der Ausgang war nicht von vornherein gegeben, diesmal nicht. Dies war ein faires Spiel. Sollte die Vernichtung gewinnen, dann nicht deshalb, weil die Opfer, gelähmt und versteinert durch den Anblick der Bestie, zu ihrem eigenen Untergang beitrugen. Diesmal hatte die Bedrohung ein menschliches Gesicht, das Gesicht des Feindes. Es mußte bekämpft, konnte vielleicht besiegt werden, konnte aber auch erkannt und geachtet werden. Darum, und allein darum, in Widerstand und Achtung, gewannen die Überlebenden die Achtung vor sich selber zurück. Sie würden nicht bereitwillig ihre eigenen Gräber schaufeln, aber die Toten des Feindes würden auch nicht den Füchsen und Hunden der Wüste überlassen bleiben.

In einem Feldlazarett in der Wüste Sinai traf sie ihren Sohn, alle ihre Söhne. Sie stand im Lärm und heißen Wüstensand, als die Armeehubschrauber nach der Überquerung des Suezkanals mit ihrer blutigen Ernte landeten. Bahre auf Bahre wurde ausgeladen, und die Soldaten rannten mit den Bahren und den mit Blutplasma gefüllten Tüten zu den Operationszelten, liefen geduckt unter den Propellerflügeln, die noch nicht stehengeblieben waren.

In diesem Augenblick sah sie ihn. Der blonde Junge lag bäuchlings auf einer der Bahren, sein Gesicht war ihr zugewandt, sie sah in die leeren, von der Hülle des Schmerzes überzogenen Augen, sah das getrocknete Blut auf der linken Seite des Uniformhemdes und sah, daß dies Daniel war, ihr Sohn, der als Zehnjähriger an Krebs gestorben war. Ihr Daniel oder der Daniel einer anderen Mutter, das hatte keine Bedeutung, sie war ein Teil ihres Volkes, ein Glied im Bund des unauslöschlichen Siegels. Ein Isaak, gebunden auf den Opferaltar, ein Jankele in zu großem Mantel, auf dem der Judenstern klargelb leuchtet, mit der Mütze, die das schmale Gesicht beschattet, und mit emporgereckten Armen, und ein Daniel, der von einem Granatsplitter in die Seite getroffen worden war, alle unsere Söhne zu allen Zeiten. Der Kreislauf unseres Todes und unserer Auferstehung in verschiedener Form und Gestalt, und noch können wir sagen:

»*Am Israel chai* – Israels Volk lebt.«

Jerusalem, im November 1983